Essai sur les Constitutions.

ESSAI

SUR LES

CONSTITUTIONS

FRANÇAISES

COMPARÉES,

PAR

PHILIPPE MICHAUD.

LYON,

IMPRIMERIE DE BOURSY, GRANDE RUE MERCIÈRE, 66,

Près la place de la Préfecture.

1848.

CONSTITUTIONS FRANÇAISES

COMPARÉES.

I.

DES DIVERS SYSTÈMES ÉLECTORAUX.

La souveraineté réside dans tous les membres de la société.

Tous les pouvoirs, quels qu'ils soient, ne sont légitimes qu'autant qu'ils émanent de cette souveraineté.

La souveraineté ne peut être directement exercée par tous. D'où la nécessité de déléguer le pouvoir, qui n'est autre chose que l'exercice de la souveraineté, à quelques uns.

Cette délégation s'opère par l'élection.

L'élection est donc la délégation temporaire de l'exercice de la souveraineté confiée par tous à quelques uns dans l'intérêt de tous.

La loi électorale, qui régle par qui, comment et à qui pourra être délégué l'exercice de la souveraineté, est et sera toujours la plus importante et la plus difficile des lois.

L'Assemblée nationale doit bientôt aborder cette tâche immense, la confection d'une bonne loi électorale.

Un coup d'œil rapide et succinct sur les principaux systèmes électoraux qui, depuis 1789 jusqu'à nos jours, ont été appliqués en France ne sera pas sans utilité pour l'intelligence et l'appréciation de la loi nouvelle.

Nous allons les résumer rapidement.

Et d'abord la première question à se poser est celle-ci : Qui a droit d'être électeur ?

« Quand il s'agit des intérêts de tous, c'est à tous à en déci-

» der ; là est le droit. » (Garnier-Pagès. — Introduction au *Dictionnaire politique*.)

Cependant combien de solutions diverses a reçues cette question ? Parcourons les principales.

La loi du 27 septembre 1789 et la constitution de 1791 ont dit : Pour être admis à voter dans les assemblées primaires, il faut être citoyen *actif*. Pour être citoyen actif, il faut :

« Être né ou être devenu Français,

» Avoir vingt-cinq ans ;

» Etre domicilié de fait dans le canton au moins depuis un un an,

» Payer une contribution de la valeur de trois journées de travail,

» Ne pas être en état de domesticité ;

» Ne pas être banqueroutier , faussaire , débiteur insolvable. »

Telles sont les dispositions communes à la loi de 1789 et à celle de 1791. Cette dernière ajoute :

« Etre inscrit dans la municipalité de son domicile au rôle des gardes nationales.

» Avoir prêté le serment civique. »

Celui qui réunissait ces conditions était apte à voter dans les Assemblées primaires. Il nommait les électeurs qui nommaient les représentants, car les deux lois que nous venons de citer adoptent l'élection à double degré, ainsi que nous le verrons plus loin, mode défectueux qui fausse l'élection et donne trop de prise à l'influence locale et à l'élément aristocratique.

Un décret du 11 août 1792, rendu par l'Assemblée législative pour les élections de la Convention nationale, modifie la Constitution de 1791 en un point important.

C'était malgré les efforts de Grégoire et de Robespierre que l'Assemblée constituante avait exigé une contribution foncière de la valeur de trois journées de travail.

« Tous les citoyens, quels qu'ils soient , avait dit Robes-
» pierre , ont droit de prétendre à tous les degrés de repré-
» sentation. La Constitution établit que la souveraineté réside

» dans le peuple , dans tous les individus du peuple. Chaque
» individu a donc droit de concourir à la loi par laquelle il est
» obligé et à l'administration de la chose publique, qui est la
» sienne. Sinon, il n'est pas vrai que tous les hommes soient
» égaux en droits, que tout homme est citoyen. Si celui qui ne
» paie qu'une imposition équivalente à une journée de travail a
» moins de droits que celui qui paie la valeur de trois jour-
» nées de travail, celui qui paie celle de dix journées a plus de
» droits que celui dont l'imposition équivaut seulement à la
» valeur de trois. Il résulte de tous vos décrets que chaque
» citoyen a le droit de concourir à la loi et dès lors celui d'être
» électeur ou éligible sans distinction de fortune. »

Le décret de 1792 abolit la nécessité d'une contribution et
supprime la distinction entre les citoyens actifs et les citoyens
non actifs.

On suit une marche ascendante.

Nous voici à l'apogée de la révolution, à la loi de 1793 qui
a servi de modèle au décret du gouvernement provisoire de
1848.

La loi du 24 juin 1793 établit que :

« Est admis à l'exercice des droits de citoyen français , tout
» homme né et domicilié en France, âgé de vingt-un ans, et non
» déchu ni suspendu de ses droits civiques.

» Tout étranger âgé de vingt-un ans, qui est domicilié en
» France depuis une année , y vit de son travail ou acquiert
» une propriété, ou épouse une Française, ou adopte un
» enfant, ou nourrit un vieillard ; tout étranger enfin, qui
» sera jugé par le corps législatif avoir bien mérité de l'hu-
» manité. »

On sent palpiter dans cette loi la grande âme de la Convention. Le troisième mot du symbole républicain n'était pas
pour elle une vaine formule. C'était une noble pensée que
celle de conférer le titre de citoyen français à l'étranger qui
adopte un enfant ou nourrit un vieillard.

La constitution de l'an III, au contraire, loin de suivre
l'exemple de son aînée, fait preuve à l'égard des étrangers qui

ont adopté la France pour patrie d'un esprit d'exclusion. Elle cherche à les repousser. La loi de 1793 les invitait à faire partie de la famille française, la constitution de l'an III leur rappelle qu'il y a des frontières entre les peuples, un Rhin et des Alpes. Elle porte un cachet de défiance.

Ainsi, outre la condition d'âge, outre la déclaration d'intention de se fixer en France, la constitution de l'an III exige que l'étranger ait résidé *sept* années consécutives en France en y payant contribution directe, en y possédant propriété foncière ou établissement d'agriculture et de commerce, ou en y épousant une Française.

Quant aux nationaux, la constitution de l'an III rétablit la condition de contribution que la loi de 1792 et celle de 1793 avaient effacée du code électoral. Elle exige pour être admis à voter dans les assemblées primaires, que le Français né et résidant en France, âgé de vingt-un ans, inscrit sur le registre civique du canton et ayant resté un an sur le territoire de la République, paie en outre une contribution foncière, directe ou personnelle. Elle fait une honorable exception à cette dernière exigence en faveur des citoyens qui ont fait une ou plusieurs campagnes pour le service de la République.

On sent éclater dans la rédaction de la constitution de l'an III un esprit de défiance et de concentration au lieu de ce large esprit d'expansion qui domine dans la loi de 1793. La constitution de l'an III insiste sur la condition de domicile en France, même pour les Français ; elle veut qu'ils soient restés un an sur le territoire de la République. Elle semble craindre l'influence des idées étrangères ; elle se retire en soi ; elle multiplie les exclusions.

La loi de 1793 avait disposé que l'exercice des droits de citoyen se perdait par la naturalisation en pays étranger, et cette disposition était juste ; elle ajoutait qu'il se perdait encore par l'acceptation de fonctions ou faveurs émanées d'un gouvernement non populaire. La constitution de l'an III, plus explicite, ajoute : « Par l'affiliation à toute corporation étrangère qui supposerait des distinctions de naissance ou qui exigerait des vœux de religion, et encore par l'acceptation de fonctions ou de pensions offertes par un gouvernement étranger. »

La loi du 22 frimaire an VIII maintint à peu près toutes les dispositions de la constitution de l'an III, en ce qui concerne les étrangers. Elle les aggrava encore. Ainsi, au lieu de *sept* années de résidence, elle en exige *dix*. Mais, d'un autre côté, elle efface, dans les exclusions qu'elle reproduit d'ailleurs entièrement, les mots *ou qui exigerait des vœux de religion*. On sent venir le concordat.

Quant aux qualités requises pour que le Français soit apte à voter, elle copie la constitution de l'an III ; elle l'améliore même en abrogeant la condition de contribution.

A cette époque, la France se laissait aller à subir la volonté d'un glorieux soldat qui, au lieu de liberté, la rassasiait de gloire.

Passons sur l'Empire.

La charte de 1814, charte octroyée, charte apportée par les baïonnettes étrangères, ne mérite guère l'honneur d'être citée après les lois de la Révolution.

Les grands propriétaires seuls ont des droits politiques. L'immense majorité de la nation est tenue à l'écart. Le nombre des citoyens est fort limité ; car celui-là seul mérite le titre de citoyen qui a l'exercice des droits civils et politiques. Il fallut alors, pour être jugé capable d'élire un député, être âgé de trente ans et payer trois cents francs de contributions directes.

La charte de 1830 ne fit que suivre servilement celle de 1814. Elle modifia fort peu le produit de l'octroi royal. Elle abaissa l'âge à vingt-cinq ans et le cens à deux cents francs. Petites réformes, réformes étriquées, insuffisantes, puériles.

Aussi, une nouvelle révolution, depuis long-temps espérée, a-t-elle restitué aux principes leur puissance, au droit sa force, à la souveraineté nationale son légitime empire.

Le trône de juillet 1830 s'est affaissé sous le mépris public, et un gouvernement provisoire, pénétré du sentiment de l'égalité, a proclamé électeurs tous les Français âgés de vingt-un ans, résidant dans la commune depuis six mois et non judiciairement privés ou suspendus de l'exercice des droits civiques.

II.

ÉLIGIBILITÉ.

Pour être éligible à l'Assemblée nationale, depuis la loi du 22 décembre 1789, il fallait payer une contribution équivalente à la valeur d'un marc d'argent, et en outre avoir une propriété foncière quelconque.

A propos du marc d'argent (qui représentait huit écus de six livres trois dixièmes) Rœderer s'écria : « Il est certain que » la contribution de la valeur du marc d'argent exclut non- » seulement le citoyen qui n'a aucune propriété, mais celui » qui a des talents et des vertus sans avoir de fortune, et ce- » pendant combien n'avons-nous pas eu d'hommes pauvres » dignes d'être les législateurs du genre humain? Vous auriez » donc exclu J.-J. Rousseau et Mably d'une assemblée natio- » nale? Votre article exclut encore les pasteurs ; il exclut les » artisans, cette classe de citoyens plus précieuse que la classe » des grands propriétaires, etc. »

La Constitution de 1791 renferme deux classes d'éligibles : les uns aptes à être nommés électeurs; les autres aptes à être nommés représentants; c'est une conséquence de l'élection à deux degrés.

D'après l'art. 7 de cette constitution, « nul ne pourra être » nommé électeur, s'il ne réunit aux conditions nécessaires » pour être citoyen actif, savoir : dans les villes au-dessus de » six mille âmes, celle d'être propriétaire ou usufruitier d'un » bien évalué sur les rôles de contribution à un revenu égal à » la valeur locale de *deux cents* journées de travail, ou d'être » locataire d'une habitation évaluée sur les mêmes rôles à un » revenu égal à la valeur de *cent cinquante* journées de travail; » dans les villes au-dessous de six mille âmes, celle d'être pro

» priétaire ou usufruitier d'un bien évalué sur les rôles de con-
» tribution à un revenu égal à la valeur locale de *cent cin-*
» *quante* journées de travail, ou d'être locataire d'une habitation
» évaluée sur les mêmes rôles à un revenu égal à la valeur de
» *cent* journées de travail ; et dans les campagnes, celle d'être
» propriétaire ou usufruitier d'un bien évalué sur les rôles de
» contribution à un revenu égal à la valeur locale de *cent cin-*
» *quante* journées de travail, ou d'être fermier ou métayer de
» biens évalués sur les mêmes rôles à la valeur de *quatre cents*
» journées de travail. A l'égard de ceux qui seront en même
» temps propriétaires ou usufruitiers, d'une part, et locataires,
» fermiers ou métayers, de l'autre, leurs facultés à ces divers
» titres seront cumulées jusqu'au taux nécessaire pour établir
» leur éligibilité. »

On voit dans quel dédale de distinctions sont obligés de se jeter ceux qui n'adoptent pas le droit complet, absolu ; quel luxe de précautions contre l'indigence ils sont obligés de déployer.

Les électeurs une fois choisis dans cette catégorie se réunissaient en assemblées électorales et nommaient les représentants. Ils pouvaient les prendre parmi tous les citoyens actifs, quel que fût leur état, profession ou contribution. C'était un retour à de meilleures idées.

Le décret du 11 août 1792, tout en maintenant l'électorat à deux degrés, efface les entraves apportées au droit, en déclarant qu'il suffira pour être éligible comme électeur ou comme député d'être âgé de vingt-cinq ans et de réunir les conditions requises pour être admis à voter dans les assemblées primaires.

Ainsi l'éligibilité n'est plus séparée du simple électorat que par une garantie d'âge, vingt-cinq ans au lieu de vingt-un.

La constitution de 1793, en ce point comme en tous les autres, aborde résolument la question et la tranche dans le sens le plus largement démocratique : « Tout Français exerçant les » droits de citoyen est éligible dans toute l'étendue de la Ré- » publique. » (Art. 28.)

La constitution de l'an III descend de cette hauteur.

Elle avait rétabli l'électorat à deux degrés, d'où deux espè-
ces d'éligibilité, une pour être électeur, l'autre pour pouvoir
faire partie du conseil des anciens ou de celui des Cinq-Cents.

Quant à la première, elle reproduit, à quelque chose près,
les distinctions et les conditions exigées par la constitution
de 1791.

Quant à la seconde, elle exige :

1° Pour être élu membre du conseil des Cinq-Cents, l'âge de
trente ans et un domicile sur le territoire de la République
pendant les *dix* années qui ont précédé l'élection. (Art. 74.)

2° Pour être élu membre du conseil des Anciens, l'âge de
quarante ans — la qualité de marié ou de veuf — et un domicile sur le territoire de la République pendant les *quinze* années qui ont précédé l'élection. (Art. 83.)

Cette obligation de 10 et 15 années de domicile confirme
les réflexions que nous avons précédemment faites sur l'esprit
de la constitution de l'an III. L'obligation d'être marié ou veuf
témoigne de sa sollicitude pour la famille.

La constitution de l'an VIII établit clairement quels sont
les citoyens français ; mais les droits électoraux qu'elle leur
confère sont une dérision. L'embranchement des listes communale, départementale et nationale, le choix fait par le sénat
sur la liste nationale, de législateurs, de tribuns, de consuls,
sont une véritable comédie représentative indigne d'hommes
sérieux. Nous aurons à y revenir en parlant du vote direct.

Nous en disons autant du sénatus-consulte organique du
16 thermidor an X, autant du sénatus-consulte organique du
28 floréal an XII, et autant de l'acte additionnel des Cent-Jours.

La charte de 1814 fixait pour l'éligibilité à la chambre des
députés, comme condition d'âge, quarante ans ; comme condition de fortune, *mille francs* de contribution directe. C'étaient
là, certes, de solides conditions d'immobilité et de résistance.

La charte de 1830, un peu moins rétrograde, réduisit l'âge
à trente ans et la contribution directe à cinq cents francs.

Est-il besoin de démontrer combien était faux, absurde, illogique, insensé, ce système politique qui plaçait la capacité dans la fortune, l'intelligence dans la matière?

Le gouvernement provisoire, par le décret du 5 mars 1848, est revenu aux principes seuls justes, seuls complets, posés par la Convention : « Sont éligibles tous les Français âgés de » vingt-cinq ans et non privés ou suspendus de l'exercice des » droits civiques. » (Art. 7.)

III.

BASE DE L'ÉLECTION.

« Comme il ne s'agit pas de représenter les biens ou les lieux, » mais la volonté des gouvernés, l'élection ne saurait avoir » d'autre base que la population. La répartition des représen- » tants doit se faire également, parce que les droits des gou- » vernés sont égaux. » (Garnier-Pagès, introduction au *Dictionnaire politique.*)

Ce principe, qui semble un axiome, a été méconnu par plusieurs constitutions.

Et d'abord par celle de 1791 qui porte :

« Les représentants seront rétribués entre les 83 départe- » ments, selon les trois proportions du territoire de la popula- » tion et de la contribution foncière. »

Il a été reconnu et adopté par la constitution de 1793 : « La » population est la seule base de la représentation nationale. » (Art. 21.)

Il a été respecté par la constitution de l'an III : « Chaque » département concourt, *à raison de sa population seulement*, » à la nomination des membres du conseil des Anciens et des » membres du conseil des Cinq-Cents. » (Art. 49.)

Il a été foulé aux pieds par les chartes de 1814 et de 1830 qui, toutes deux, ont basé l'élection sur le territoire. Ainsi l'on voyait, il y a quelques mois, un arrondissement de 2,000 électeurs nommer un député, tandis qu'un autre arrondisse-

ment de 150 électeurs jouissait du même privilége. Quelle
égalité entre des électeurs qui avaient, les uns un cent cinquan-
tième d'influence et les autres un deux millième !

Le décret du 5 mars a fait disparaître cette anomalie par la
disposition de son article 2 : « L'élection aura pour base la population. »

IV.

SUFFRAGE DIRECT. — DOUBLE DEGRÉ. — DOUBLE VOTE.

« Le droit de délégation doit être exercé directement : car
» si, au lieu de choisir ceux qui doivent les gouverner, tous dé-
» lèguent ce choix à une partie d'entre eux, ils ne seront pas
» sûrs que ceux à qui ils auront confié l'élection des gouver-
» nants les choisiront comme ils les auront choisis eux-mê-
» mes. On peut même dire que les choix des gouvernants
» seront différents de ce qu'ils auraient été avec l'élection
» directe, parce que les motifs qui feront nommer les électeurs
» définitifs seront souvent personnels ; parce que ces électeurs
» définitifs étant nécessairement peu nombreux, la menace et la
» corruption auront sur eux une certaine action ; parce que, dans
» tous les cas, ces électeurs définitifs ayant, par le choix même
» qui sera fait d'eux, une position exceptionnelle, ils auront
» nécessairement des intérêts qui différeront de l'intérêt géné-
» ral. » (GARNIER-PAGÈS, *Introduction au Dictionnaire politique*.)
Les raisons si bien déduites par le regrettable Garnier-Pagès
prouvent combien la question du suffrage direct est capitale.
Elle l'est d'autant plus dans les circonstances actuelles qu'un
parti encore puissant en France, malgré les terribles coups qui
lui ont été portés, emploie toute son activité et son influence
à faire prévaloir l'élection à deux degrés.

La constitution de 1791, suivant en cela les errements de la
loi de décembre 1789, inaugure en France le système de l'é-
lection à deux degrés.

« Les assemblées primaires nommeront des électeurs en
» proportion du nombre de citoyens actifs domiciliés dans la
» ville ou le canton. Il sera nommé un électeur à raison de
» cent citoyens actifs présents ou non à l'assemblée. Il en sera
» nommé deux depuis cent cinquante-un jusqu'à deux cent
» cinquante et ainsi de suite. Les électeurs nommés en cha-
» que département se réuniront pour élire le nombre des re-
» présentants dont la nomination sera attribuée à leur dépar-
» partement. »

La constitution de 1793 proclame le suffrage direct et im-
médiat. Le peuple souverain nomme immédiatement ses députés. (Art. 8.)

La constitution de l'an III, réactionnaire en ce point comme
en beaucoup d'autres, revient au double degré.

« Chaque assemblée primaire nomme un électeur à raison
» de deux cents citoyens présents ou absents, ayant droit de
» voter dans ladite assemblée. Jusqu'au nombre de trois cents
» citoyens inclusivement, il n'est nommé qu'un électeur. Il en
» est nommé deux depuis trois cent un jusqu'à cinq cents,
» trois depuis cinq cent un jusqu'à sept cents, quatre depuis
» sept cent un jusqu'à neuf cents. » (Art. 33.)

Les citoyens nommés par les assemblées primaires se réu-
nissent chaque année et terminent en une session de dix jours
toutes les élections à faire et entre autres les élections des
membres du corps législatif, savoir les membres du conseil
des anciens et les membres du conseil des Cinq-Cents. (Art.
36, 41.)

Observons que le système de la constitution de l'an III est
encore moins libéral, moins large que celui de 1791, en ce
sens que les électeurs sont moins nombreux. Dans la constitution de 1791, cent citoyens nommaient un électeur, dans celle
de l'an III il en faut deux cents.

La constitution de l'an VIII trouve ce système encore trop
démocratique. Le double degré ne suffit plus à sa ferveur
contre-révolutionnaire. Elle invente une combinaison machia-

vélique dont le but est de détruire toute vérité, toute réalité
de représentation nationale.

Les citoyens de chaque arrondissement communal désignent par leurs suffrages ceux d'entre eux qu'ils croient les
plus propres à gérer les affaires publiques. Il en résulte une
liste de confiance (le mot est nouveau) contenant un nombre
de noms égal au dixième du nombre des citoyens ayant droit
d'y coopérer. C'est la liste communale. — Première épuration.

Les citoyens compris dans les listes communales d'un département désignent également un dixième d'entre eux. Il
en résulte une seconde liste dite départementale. — Seconde
épuration.

Les citoyens portés dans la liste départementale désignent
pareillement un dixième d'entre eux ; il en résulte une troisième liste dite nationale (par dérision sans doute). — Troisième épuration.

Ce n'est pas tout. Le sénat conservateur, espèce de chambre des pairs à la dévotion du chef de l'Etat, choisit dans cette
liste les législateurs, les tribuns, etc...— Quatrième et complète épuration.

S'il arrive par hasard qu'un homme à idées nouvelles, qu'un
partisan du progrès, qu'un ami de la liberté parvienne à tra-
verser sain et sauf les trois premières épreuves , il succombe
infailliblement à la quatrième.

Cette constitution crée, ainsi que nous l'avons déjà dit, une
comédie représentative ; elle est un retour à la suprématie
royale. Seulement ce retour est voilé sous des formes men-
songères. On semble respecter , tout en le tuant, le principe
électif. Dans ce système bâtard , l'hypocrisie domine. Il valait
bien mieux revenir franchement à la nomination pure et
simple des législateurs par le roi. Au moins on eût su à quoi
s'en tenir et l'on eût vu où l'on allait.

La charte de 1814, et la loi des 5-6 février 1817 revien-
nent à l'élection directe ; mais avec des électeurs à 300 f., des
éligibles à 1,000 f. L'élection directe n'était pas un danger. Et

cependant après l'élection de l'abbé Grégoire, la chambre violente de 1819 trouva la loi électorale trop large, trop libérale, trop démocratique.

Elle imagina la loi *du double vote*, loi monstrueuse, votée par les ultrà-royalistes dans un accès de réaction. Les passions fougueuses de quelques vieillards aigris dans l'exil, de quelques nobles pétris des préjugés de caste; les passions corroborées des instincts despotiques de quelques fonctionnaires jadis aux gages de l'empereur dotèrent la France d'une œuvre phénoménale, prodige de l'esprit de parti.

Les auteurs de cette loi ne cachèrent point leurs tendances, ils marchèrent tête levée contre la révolution. Il faut les entendre.

« La loi ne sera complète et durable que quand la puissance » électorale, *qui doit reposer tout entière sur la propriété,* ne » sera confiée qu'à un nombre déterminé d'électeurs *choisis* » *parmi les plus imposés.* » (De la Bourdonnaie.)

« Le gouvernement a voulu s'appuyer sur la *grande pro-* » *priété,* parce qu'il veut donner une base plus large (ceci est » précieux) et plus stable à la société. Une *aristocratie de* » *grands propriétaires* (l'aveu est des plus naïfs) sera la pre- » mière à défendre les intérêts populaires et la véritable liberté » dans toute la latitude qui doit lui être donnée; car l'aristo- » cratie de propriétaires est essentiellement amie de la liberté, » essentiellement protectrice de tous les droits, etc. » (Pas- quier.)

Voilà un but nettement dessiné. Tous les droits, toute l'influence, toutes les destinées de la France entre les mains d'une poignée de propriétaires. Après une discussion passionnée, tumultueuse, qui eut un écho dans la rue et qui souleva une émeute; après les énergiques protestations de Foy, Casimir Périer, Laffitte, Dupont (de l'Eure), fut votée la loi électorale de juin 1820, qui devait rester dans l'histoire, flétrie du nom de *loi du double vote.*

Elle fonctionnait de la manière suivante :

Chaque département avait un collége de département et des

colléges d'arrondissement. Les colléges d'arrondissement, composés des électeurs à trois cents francs, élisaient un nombre de candidats égal au nombre des députés attribués au département. Supposant un département avec cinq arrondissements, il y a cinq députés à élire : chaque collége d'arrondissement présente cinq candidats, ce qui donne un total de vingt-cinq. Dans ces vingt-cinq, qui déjà ne pouvaient être choisis que parmi les imposés de mille francs, le collége de département composé des électeurs les plus imposés, en nombre égal au cinquième de la liste générale, mais sans pouvoir être au dessous de cent et au dessus de six cents, choisit les cinq députés du département.

Ce système ingénieux aristocratise encore l'élection à deux degrés. Comment un ami de la révolution eût-il pu passer à travers ce réseau contre-révolutionnaire ? aussi n'en passa-t-il guère.

Cette loi fut nommée du *double vote*, parce que les plus forts imposés ayant déjà voté dans le collége d'arrondissement auquel ils appartenaient, votaient encore dans le collége du département, de telle sorte qu'ils se trouvaient déposer deux votes pour les mêmes élections.

Pour mâter encore plus l'esprit démocratique, pour ne lui laisser aucune issue, cette loi impie forçait les électeurs des deux catégories d'écrire publiquement leur bulletin sur le bureau du président.

Confiscation du droit, arbitraire, intimidation, rien ne manquait à cette loi du double vote qui livrait le gouvernement de notre pays à dix ou douze mille privilégiés. Qu'en est-il résulté ? Le triomphe exalta les royalistes, leur audace s'en accrut, et ce succès enivrant précipita leur chute.

La charte de 1830 et la loi de 1831 établirent un système électoral moins odieux ; l'élection directe fut consacrée, mais le fractionnement des colléges continua à subsister. De plus, avec les lois relatives aux électeurs et aux éligibles (lois dont nous avons parlé) l'élection passa des mains de la noblesse aux mains de la bourgeoisie. — Privilége toujours.

Le décret du 5 mars 1848, en son art. 5, se prononce pour le suffrage direct et universel.

V.

VOTE LOCAL. — VOTE DÉPARTEMENTAL.

Ce n'est pas là une simple question de détail. Suivant l'adoption de tel ou tel mode, il peut se faire que le résultat électoral soit dénaturé, que l'expression de la volonté générale soit détournée de son vrai sens et falsifiée. La pratique de tel ou tel procédé peut donner ou enlever l'avantage à l'élément aristocratique ou à l'élément démocratique de la population. Il faut étudier les procédés électoraux, car à quoi bon triompher sur les principes, si l'on succombe dans l'application ?

La constitution de 1791 conserve le vote que nous appellerons *départemental,* parce que chaque électeur vote pour tous les représentants attribués à son département.

Il ne faut pas oublier que la constitution de 1791 ayant admis l'élection à deux degrés, chaque électeur représente au moins cent citoyens actifs. Ainsi supposez *cent mille* citoyens actifs dans un département, le nombre des électeurs votants pour les représentants attribués à ce département ne sera que de *mille ;* considération qui atténue singulièrement la portée du vote départemental.

La constitution de 1793 porte :

« Chaque réunion d'assemblées primaires, résultant d'une » population de trente-neuf à quarante-un mille âmes, nomme » immédiatement un député. » (Art. 23.)

Ce procédé est de tous le plus simple et le plus direct. Est-il le meilleur ? Ne laisse-t-il pas beaucoup de prise à l'influence locale? Ne donne-t-il pas trop d'avantages aux illustrations de clocher ? Trente-neuf à quarante-un mille âmes représentent dans les campagnes de deux à trois cantons. Or, deux à trois cantons nommant exclusivement un député ne sont-ils pas susceptibles de subir l'influence des grands propriétaires et du clergé? Ne sont-ils pas susceptibles de faire prévaloir l'intérêt local sur l'intérêt général?

La constitution de l'an III revient au vote départemental, mais avec un nombre d'électeurs encore plus limité que la constitution de 1791. De telle sorte qu'en continuant l'hypothèse que nous avons posée ci-dessus de *cent mille* citoyens ayant dans un département droit de voter dans les assemblées primaires, on a pour résultat, avec la constitution de l'an III, *cinq cents* citoyens votant au chef-lieu du département. On en avait *mille* avec la constitution de 1791.

Les chartes de 1814 et de 1830 eurent l'art de rassembler et de reproduire les vices des deux systèmes que nous venons de voir en présence : nombre limité d'électeurs, vice des constitutions de 1791 et de l'an III; — vote local, vice de la constitution de 1793.

Le décret du 5 mars 1848 innove en combinant; il prend à la loi de 1793 le principe du suffrage direct et universel; il prend à celle de 1791 et de l'an III le principe du vote départemental. Ainsi, il arrête que chaque bulletin d'électeur contiendra autant de noms qu'il y aura de représentants à élire dans le département; que le vote et le dépouillement se feront au chef-lieu de canton et le recensement au département, et enfin que nul ne pourra être nommé s'il ne réunit deux mille suffrages.

Le décret de 1848, en prenant au vote départemental ce qu'il a d'avantageux, évite les inconvénients du vote local : il louvoie entre deux écueils. Les influences de famille et de relations sont annulées et, en quelque sorte, dépaysées; les popularités de village ou de canton deviennent des obscurités à quelques lieues de leur domicile; les noms connus et estimés de tous ont seuls chance de sortir de l'épreuve électorale avec succès.

Le premier essai de ce décret vient de se faire sous nos yeux. Le système qu'il inaugure est adopté par Lamennais dans son projet de constitution. On peut, ce nous semble, lui adresser un reproche fondé ; c'est qu'il est impossible à *tous* les électeurs d'un département de formuler un vote éclairé et consciencieux sur tous les représentants attribués par la loi à ce département.

VI.

SCRUTIN SECRET.

« Lorsque les gouvernés élisent les gouvernants, ils doivent
» voter secrètement, parce que le vote secret est la condition
» absolue de la liberté du vote, parce que ceux qui élisent
» exercent un droit de souveraineté et par conséquent ne re-
» lèvent que d'eux-mêmes, parce qu'aucune distinction entre
» les votants ne doit subsister après l'élection, les élus étant
» chargés du gouvernement de tous et non pas seulement du
» gouvernement de la majorité qui les a nommés. » (Garnier-
Pagès. — Introduction au *Dictionnaire politique*.)

L'influence du secret ou de la publicité du vote sur le résultat du scrutin a attiré l'attention de tous les législateurs et de tous les publicistes. Ils en ont fait une question capitale, et avec raison. En effet, un gouvernement légitime doit être l'expression sincère de la volonté générale. Cette volonté générale se produit par les élections. Il est donc nécessaire, indispensable que les élections soient pures de toute violence et de toute fraude. Altérer leur sincérité soit par la corruption, soit par l'intimidation, c'est dénaturer la pensée du pays, fausser la représentation nationale. Or, la garantie de cette sincérité est dans le secret du vote.

La constitution de 1793 ne fut pas assez pénétrée de cette vérité. Les conventionnels, habitués à braver la mort et à mépriser l'échafaud, crurent trop au courage civil et à l'intrépidité des hommes. Ils eurent le tort de supposer et de nécessiter l'héroïsme.

« Les élections se font au scrutin ou à haute voix, au choix

5

» de chaque votant. Une assemblée primaire ne peut en aucun
» cas prescrire un mode uniforme, de voter. Les scrutateurs
» constatent le vote des citoyens qui, ne sachant pas écrire,
» préfèrent de voter au scrutin. » (Art. 16, 17, 18 de la loi du
24 juin 1793.)

Il y a trace d'hésitation dans ces articles. On y admet et to-
lère les deux systèmes; pensée funeste! Deux électeurs votent,
l'un au scrutin, l'autre à haute voix. Cé dernier reproche à son
voisin ou de n'avoir pas le courage de ses opinions, ou de dissimuler dans l'ombre de son bulletin des passions mauvaises,
des tendances rétrogrades; de là des divisions, des défiances,
des haines. La loi doit être uniforme, égale pour tous.

La constitution de l'an III porte :

« Toutes les élections se font au scrutin secret (art. 31). »

Et le décret du 5 mars 1848 :

« Le scrutin sera secret (art. 8). »

Tels sont les vrais principes. Avec, mais seulement avec le
suffrage universel, l'électeur n'a de comptes à rendre qu'à sa
conscience; il agit en souverain. Aucun contrôle ne peut et ne
doit peser sur son vote.

Nous n'avons entendu parler que du vote émis par les électeurs, et non de celui émis par les représentants ou par toute
personne investie d'une fonction publique. Les représentants,
les fonctionnaires agissent comme mandataires, ils sont responsables : « La responsabilité implique la publicité. Tout
» acte qui, par ses résultats, peut être utile ou nuisible à tous
» doit nécessairement être connu de tous. » (ARMAND-MARRAST.)

VII.

INDEMNITÉ AUX REPRÉSENTANTS.

Le principe de l'indemnité aux représentants est une conséquence directe, inévitable du droit de tout Français à l'éligibilité. Autrement ce droit serait un mensonge, une ironie. Pro-

clamer lé droit et refuser les moyens de l'exercer est une
duperie indigne d'une constitution républicaine.

Les constitutions de 1791 et de 1793 sont muettes sur l'indemnité. Cet oubli vint d'un sentiment honorable, mais exa-
géré. Les représentants du peuple ne voulurent pas s'allouer
des appointements. La fierté personnelle l'emporta sur la
logique.

La constitution de l'an III décréta :

« Les membres du corps législatif reçoivent une indemnité
» annuelle ; elle est, dans l'un et l'autre conseil (le conseil des
» Anciens et le conseil des Cinq-Cents), fixée à la valeur de
» trois mille myriagrammes de froment. » (Art. 68.)

La constitution de l'an VIII suivit cet exemple :

« Le traitement annuel d'un tribun est de quinze mille
» francs, celui d'un législateur de dix mille francs. » (Art. 36.)

L'Empire eut des commis ; mais le peuple n'eut pas de représentants.

De 1814 à 1848, l'indemnité eût été illogique, absurde. Les
députés devant être forcément pris parmi les plus riches, il
était trop juste qu'ils fissent les frais de leur privilége.

Le décret du 5 mars 1848, en rétablissant le suffrage universel, établit l'indemnité, son indispensable corollaire.

« Chaque représentant du peuple recevra une indemnité de
» vingt-cinq francs par jour pendant la durée de la session. »
(Art. 10.)

Dans son projet de constitution, M. Lamennais propose que
nul ne puisse refuser l'indemnité. Cette idée nous paraît juste
et conforme au principe d'une égalité véritable.

VIII.

MANDAT IMPÉRATIF.

Le mandat impératif est l'obligation imposée par des électeurs à un représentant de voter d'une manière arrêtée d'a-
vance sur telle question.

Le mandat impératif est l'acte par lequel des électeurs dictent à un représentant l'opinion qu'il aura à soutenir de son influence et de son vote.

Le mandat impératif annihile le représentant qui l'accepte, annule sa personnalité, détruit son indépendance en l'enchaînant à une opinion convenue.

Le mandat impératif est un empiètement du droit de quelques uns sur le droit de tous. Un représentant est représentant de la France entière et non d'une fraction du peuple français. Donc les électeurs de cette fraction, en obligeant un représentant à voter suivant leurs opinions personnelles, usurpent la souveraineté nationale et s'arrogent un droit qu'ils n'ont pas.

Si les électeurs n'ont pas le droit d'imposer un mandat impératif, les représentants ne doivent pas davantage l'accepter, parce qu'ils ne sauraient aliéner leur libre arbitre.

Raisons de droit. — Il est une autre raison de fait, puissante et décisive.

Au jour de l'élection, électeurs et mandataire sont d'accord sur des questions concertées ensemble. Le mandataire, au sein de l'Assemblée, voit sa conviction changer, son opinion se modifier ensuite des faits nouveaux qu'il apprend, des raisons qui lui sont données. N'importe, il est lié. Pour obéir à ses électeurs, il votera contre sa conscience. Bien plus, il votera peut-être contre la pensée des électeurs qui lui ont conféré le mandat; car les mêmes faits, les mêmes raisons qui ont influé sur l'opinion du représentant, peuvent avoir eu la même influence sur l'opinion des électeurs : de telle sorte que, au jour du vote, représentants et électeurs appuieront une pensée qui n'est plus la leur.

Ainsi, en droit, le mandat impératif est illicite; en fait, il conduit à des résultats choquants.

On doit conclure, avec Garnier-Pagès, que « le droit de gou-
» verner doit être délégué avec une liberté entière, parce que
» toute condition qui restreindrait, ou seulement gênerait
» l'exercice de ce droit, empêcherait jusqu'à un certain point
» la volonté générale de prévaloir. »

Le mandat impératif était en grand usage jadis. On se rappelle les fameux cahiers des bailliages en 1789.

L'Assemblée constituante le proscrivit avec force : « Les re» présentants nommés dans les départements ne seront pas
» représentants d'un département particulier, mais de la na» tion entière, et il ne pourra leur être donné aucun man» dat. » (Constitution de 1791, tit. III, ch. I, sect. III, art. 7.)

La Convention plus concise est tout aussi énergique : « Cha» que député appartient à la nation entière. » (24 juin 1793,
art. 29.)

Aucune constitution n'a autorisé le mandat impératif. Mais bien des engagements tacites furent conclus entre des électeurs et d'avides candidats, sans que le gouvernement songeât à s'en enquérir et à en poursuivre les auteurs. La République ne doit pas imiter cet exemple ; elle devra réprimer les traités coupables où des citoyens égarés trafiquent de la souveraineté du peuple.

IX.

DURÉE DU MANDAT.

« Le droit de gouverner doit être délégué pour un temps
» limité, parce qu'après un certain laps de temps, les gouver» nants peuvent ne plus représenter la volonté des gouvernés,
» soit que, par l'inévitable effet des lois de la nature, une par» tie considérable de ceux qui ont usé du droit d'élire aient été
» remplacés par d'autres qui, n'ayant pas usé de ce droit, ne
» sont pas représentés, et, parce qu'il y aurait péril de tyran» nie si les gouvernants pouvaient trouver dans une longue
» possession du pouvoir les moyens de ne plus s'en dessai» sir. » (GARNIER-PAGÈS, *Introduction au Dictionnaire politique.*)

Combien de temps doit durer le mandat?

Le renouvellement de la représentation nationale doit-il être partiel ou intégral ?

La constitution de 1791 décrète que l'assemblée tout entière sera renouvelée tous les deux ans par de nouvelles élections. (Chap. Ier, art. 2.)

Renouvellement intégral tous les deux ans.

« Le peuple français, dit la constitution de 1793, s'assemble » tous les ans le 1er mai pour les élections. » (Art. 32.)

« La session du corps législatif est d'un an. » (Art. 40.)

Renouvellement intégral tous les ans.

Ces deux constitutions ont proclamé les vrais principes : renouvellement intégral et fréquent de la représentation nationale.

Renouvellement intégral, parce que le renouvellement partiel, en donnant aux divers éléments du même pouvoir une origine différente, tend à détruire entre eux toute solidarité.

Renouvellement fréquent (annuel ou bisannuel) parce que, outre les raisons déduites par Garnier-Pagès, il est bon que les représentants viennent souvent se présenter à la source de tous pouvoirs, la souveraineté du peuple, pour y puiser avec de nouvelles forces de nouvelles inspirations.

On a observé que plus le principe démocratique prédomine, plus le mandat est court; et que plus il faiblit, plus le mandat est prolongé.

Observation bien justifiée par un simple rapprochement : 1793 et 1820. 1793, *un an;* 1820, *sept ans.* 1793, triomphe de la démocratie; 1820, triomphe de l'aristocratie.

Mais avant de tomber d'un an à sept, la durée du mandat subit plusieurs phases.

Le pouvoir éclos de la révolution thermidorienne établit le renouvellement partiel et fixe la durée du mandat à trois ans. « L'un et l'autre conseil (le conseil des Anciens et des Cinq-» Cents) est renouvelé tous les ans par tiers. » (Constitution de l'an III, art. 53.)

La constitution de l'an VIII maintient le renouvellement partiel, mais la durée du mandat est prolongée de deux ans. « Ils (les membres des corps législatifs) sont renouvelés par » cinquième tous les ans. » (Art. 31.)

Même système dans la charte de 1814.

« Les députés seront élus pour cinq ans, et de manière que
» la chambre soit renouvelée chaque année par cinquième. »
(Art. 37.)

« L'acte additionnel rétablit le renouvellement intégral, mais
» maintient le chiffre de cinq ans. » (Art. 13.)·

Avec la Restauration et la loi de 1817 reparaît le système de
la charte de 1814.

Depuis la Constitution de l'an VIII, nous tournons dans
le même cercle avec de légères variantes.

Mais quand les ultras présentèrent la loi du *double vote*,
quand ils eurent la joie de pouvoir espérer une chambre selon
leur cœur, ils auraient voulu la doter d'un mandat éternel.
S'ils eussent essayé, ils l'auraient obtenu. Ils furent généreux;
ils firent des concessions à leurs adversaires et ne demandè-
rent que *sept ans*. En sept ans, ils comptaient bien tuer l'esprit
révolutionnaire. La septennalité fut votée.

La charte de 1830 et la loi de 1831 adoptèrent le système
de l'acte additionnel.

« Les députés seront élus pour cinq ans. » (Art. 31.)

C'est le renouvellement intégral et quinquennal.

Le décret du 5 mars 1848 n'avait pas à se prononcer sur la
question qui nous occupe. Il devait en laisser et il en a laissé
la décision à l'Assemblée nationale constituante à laquelle la
révolution de 1848 a confié une tâche immense et glorieuse.

Un des prophètes de la démocratie, M. de Lamennais, propose le renouvellement intégral tous les *trois* ans. Ce terme
est bien long. Si l'on ne veut adopter la loi de 1793 pour éviter à la nation des secousses électorales trop souvent renou-
velées, on devrait au moins s'arrêter au chiffre de *deux ans*
posé par la constitution de 1791.

X.

NOMBRE DES REPRÉSENTANTS.

Il y a une certaine importance dans le chiffre des représentants de la nation. Plus ils sont nombreux, plus ils doivent représenter toutes les idées, toutes les opinions, tous les sentiments et tous les intérêts de la nation. Plus ils sont nombreux, moins ils ont chance de se laisser influencer par l'esprit aristocratique.

A ce titre, le tableau suivant peut être instructif :

Assemblée nationale constituante de 1789. . . 1,200

Assemblée législative, d'après la loi de 1791. . . 745

La Constitution de 1793 ne fut jamais appliquée; les membres de l'Assemblée eussent été de 8 à. . . 900

Directoire. (Constitution de l'an III.)

Conseil des Cinq-Cents. 500

Conseil des Anciens. 250

Consulat. (Constitution de l'an VIII.)

Sénat conservateur. 80

Tribunat. 100

Corps-Législatif. 300

A quoi bon parler du Consulat à vie et de l'Empire ? il n'y eut pas de représentation.

Cent-Jours. (Acte additionnel.)

Chambre des pairs. . . . . *Illimité*

Chambre des représentants. 629

Restauration. (1814-1830.)

Chambre des députés. . . . . . . *Grande variation*

Chambre des pairs. . . . . *Illimité*

Quasi-Restauration. (1830-1848.)

Députés. 459

Pairs. . . . . *Illimité*

Assemblée Constituante de 1848. 900

A côté de chacune des constitutions dont nous avons parlé, parallèlement avec elles doivent se placer les lois, décrets, ordonnances, réglements et instructions destinés à éclairer les points douteux, à commenter les points obscurs, à régler les détails d'exécution, à déterminer les moyens pratiques, en un mot à assurer l'application régulière des institutions créées. C'est là la partie mécanique de la loi ; elle a son importance. Il faut qu'elle soit adaptée aux principes dont elle doit assurer le succès, il faut qu'elle facilite le mouvement et le jeu de la constitution, et, pour cela, il faut qu'elle se pénètre de l'esprit, du sens et de la portée de cette constitution.

Le cadre de ce travail ne nous permet pas d'entrer dans les développements que nécessiterait une pareille étude consciencieusement faite. Nous nous bornons à rechercher et à apprécier de notre mieux comment les constitutions de notre pays ont résolu les principales questions politiques.

C'est pourquoi nous bornerons là notre examen des systèmes électoraux pour entamer immédiatement l'organisation des pouvoirs.

ARTICLE II.

ORGANISATION DES POUVOIRS.

I.

POUVOIR LÉGISLATIF.

Tous les pouvoirs législatif, exécutif ou judiciaire doivent émaner de la souveraineté du peuple.

Ils en émanent par l'élection.

Nous avons examiné les divers systèmes électoraux qui ont régi la France sous les constitutions diverses qu'elle a tour à tour essayées depuis 1789.

Nous abordons l'organisation et les attributions des pouvoirs.

Le premier dans l'ordre logique est le pouvoir législatif. Le pouvoir chargé de faire la loi doit passer avant celui chargé de la faire exécuter, avant celui chargé de déterminer si elle a été bien ou mal exécutée.

Sans entrer dans les controverses des philosophes, des jurisconsultes et des publicistes sur la définition, sur les qualités ou les vices de la loi, nous disons que pour nous, hommes de la démocratie pratique, la loi la meilleure est celle qui exprime le plus exactement la volonté générale.

Pour que cette volonté générale se fasse jour et se traduise en lois positives, il ne suffit pas que tous les membres de la société aient été convoqués dans les assemblées primaires, il ne suffit pas que tous aient déposé leurs votes et nommé leurs mandataires, il faut encore que le pouvoir élu pour

faire la loi soit organisé de telle sorte que la minorité ne
puisse l'emporter sur la majorité, que l'habileté et la tactique
ne puissent l'emporter sur la raison et le bon sens, et que la
vraie pensée de la nation, la pensée de tous, puisse toujours
prévaloir et dominer.

Ce n'est pas un but facile à atteindre.

Toutes les constitutions y ont visé. Combien peuvent se flat-
ter d'y être parvenues?

La constitution de 1791 confie le pouvoir législatif à une assemblée nationale.

« L'Assemblée nationale formant le corps législatif est pér-
» manente et n'est composée que d'une chambre. » (Chap. Ier,
art. 1er.)

La section 1re du chapitre III énumère les pouvoirs et fonctions du corps législatif; elle entre à ce sujet dans des détails
trop minutieux. Qu'il nous suffise de dire que le corps législatif, dans la constitution de 91, propose et décrète les lois, fixe
les dépenses publiques, établit les contributions, décide de la
paix ou de la guerre, mais seulement après proposition du roi,
ratifie les traités de paix, d'alliance et de commerce, qui n'ont
d'effet qu'après cette ratification, et statue souverainement sur
tous les services publics, etc.

Les décrets rendus dans ces limites par le corps législatif
n'ont pas encore force de loi. Il leur faut la sanction royale.

« Les décrets du corps législatif sont présentés au roi qui
» peut leur refuser son consentement. Dans le cas où le roi
» refuse son consentement, ce refus n'est que suspensif.
» Lorsque les deux législatures qui suivront celle qui
» aura présenté le décret auront successivement représenté le
» même décret dans les mêmes termes, le roi sera *censé*
» avoir donné la sanction. » (Articles 1er et 2 de la section III
du chapitre III.)

Ainsi, une seule chambre élue par le peuple est investie de
la puissance législative, le refus de sanction du roi ne pouvant
être que suspensif.

Pour arriver à ce résultat, l'Assemblée constituante avait eu

des séances orageuses. Les partis s'étaient livrés dans son sein
de rudes combats. Le *veto* (refus de sanction) sera-t-il absolu ?
sera-t-il suspensif ? Cette question agita la France et souleva le
peuple de Paris. Les royalistes nombreux et influents, les partisans de l'école anglaise voulaient le *veto* absolu. Sieyès le dé-
finit : *Une lettre de cachet lancée par un individu contre la
volonté générale,* expression hardie et juste. Enfin l'opinion
populaire l'emporta, et il ne fut donné au roi que de pouvoir
suspendre pendant deux législatures l'effet d'une loi votée par
le corps législatif.

C'était trop. Mais pour des hommes qui s'éveillaient à la vie
politique, qui inauguraient le système représentatif, qui sor-
taient à peine d'une monarchie absolue tempérée par le *bon
plaisir*, le pas était immense et décisif.

L'institution de deux chambres fut aussi longuement et vivement agitée. Elle succomba, mais pour reparaître plus tard.

Constitution de 1793. — La Convention n'avait plus de
passé à respecter ; elle n'avait plus en face d'elle de pouvoir
rival avec qui il fallût compter. Maîtresse d'elle-même, elle put
s'élever à une conception plus franche, plus large que ne l'a-
vait pu la Constituante.

La Constitution de 1793 fut délibérée et votée au milieu de
tempêtes inouïes. Placés à chaque instant en face de la mort,
les conventionnels firent preuve d'une sagesse et d'une har-
diesse de vues que l'on n'a jamais dépassées.

« Le corps législatif est un, indivisible et permanent.
(Art. 39.)

» Le corps législatif propose des lois et rend des décrets. »
(Art. 53.)

Tout est là.

La Constituante, après l'adoption d'une loi, demandait la
sanction royale. La Convention demande la consécration populaire.

Le projet est imprimé et envoyé à toutes les communes de
la République, sous ce titre : *Loi proposée.* Quarante jours
après l'envoi de la loi proposée, si, dans la moitié des départe-

ments plus un, le dixième des Assemblées primaires de chacun d'eux régulièrement formées n'a pas réclamé, le projet est accepté et devient *loi*. S'il y a réclamation, le corps législatif convoque les assemblées primaires. (Art. 58, 59, 60.)

Il y a dans cette organisation un mécanisme que nous ne retrouverons plus dans aucune des constitutions qui ont suivi. L'Assemblée à qui le peuple souverain a délégué le pouvoir législatif a fait une loi ; mais elle redoute de s'être trompée dans l'appréciation du vœu de la France. Que fait-elle pour s'en assurer? Avant que le projet devienne loi obligatoire pour tous, elle fait de nouveau appel à tous, elle consulte la nation ; elle fait sacrer en quelque sorte la loi future par la souveraineté du peuple et lui confère ainsi un inviolable caractère.

Constitution de l'an III. — La pensée des deux chambres, pensée vaincue dans la Constituante, triomphe après six ans de révolutions dans l'Assemblée qui suit thermidor.

« Le corps législatif est composé d'un conseil des Anciens et » d'un conseil des Cinq-cents (44). Le corps législatif est per» manent; il peut néanmoins s'ajourner à des termes qu'il » désigne. » (59)

Pourquoi deux conseils? Représentent-ils deux éléments différents dans la nation, deux classes? Non, ils sont tous deux nommés par les mêmes électeurs. Alors à quoi bon cette complication de rouages inutiles? On espérait donner plus de stabilité aux institutions. On avait sous les yeux l'exemple de la vieille Angleterre qui a traversé des siècles avec ses deux chambres. On voulut imiter. Plagiat maladroit qui ne tient compte ni de la différence des mœurs, ni de la différence de la constitution de la société.

L'organisation de deux conseils conduit directement et inévitablement à l'antagonisme. L'antagonisme engendre les divisions, les tiraillements. De là à la guerre civile il n'y a qu'un pas. Les législateurs de l'an III auraient dû avoir présent à l'esprit le vieil adage : L'union fait la force.

Ce qu'ils imaginèrent peut se résumer en ces mots : Le conseil des Cinq-Cents propose et le conseil des Anciens dispose.

/ « La proposition des lois appartient exclusivement au conseil
» des Cinq-Cents. — Les propositions adoptées par le conseil
» des Cinq-Cents s'appellent *résolutions*. — Il appartient exclu-
» sivement au conseil des Anciens d'approuver ou de rejeter
» les résolutions du conseil des Cinq-Cents. — Les résolutions
» du conseil des Cinq-Cents adoptées par le conseil des Anciens
» s'appellent *lois*. — Dans le cas où le conseil des Anciens re-
» fuse d'approuver le fond de la loi proposée, le projet rejeté
» ne peut plus être présenté par le conseil des Cinq-Cents qu'a-
» près une année révolue. » (Articles 76, 79, 86, 92 et 99.)

En supposant que le conseil des Cinq-Cents s'obstine à présenter un projet de loi, que le conseil des Anciens s'obstine à
le rejeter, que le peuple prenne parti pour ou contre l'un des
conseils, où nous conduit cette division du pouvoir législatif?
à l'anarchie.

La Constitution de l'an III vint expirer au 18 brumaire sous
les coups de Bonaparte. On sait que le conseil des Cinq-Cents
dut être dispersé par la force brutale et que celui des Anciens
se soumit respectueusement. Il y eut une certaine énergie dans
la conduite du conseil des Cinq-Cents; il n'y eut que de la faiblesse dans celle du conseil des Anciens.

Bonaparte n'eût-il pas rencontré plus de résistance dans une
assemblée une et indivisible? Il est permis de le supposer. Les
divisions intestines des deux conseils servirent puissamment
l'attentat du jeune et audacieux général. Chacun des deux conseils se défiant de l'autre, il en résulta peu ou point de dé-
fense ; conséquence du défaut d'unité.

Qu'étaient devenues les traditions héroïques de la Convention? Une compagnie de grenadiers put impunément jeter par
les fenêtres les représentants du peuple et tout fut dit.

Que ceci serve de leçon !

Constitution de l'an VIII. — On ne pouvait espérer que les
auteurs de l'attentat du 18 brumaire dotassent la France d'une
constitution représentative sérieuse.

Nous avons vu, à propos du double degré, quelle fallacieuse

combinaison ils inventèrent pour frapper au cœur le principe électif.

Le mode suivant lequel fut organisé le pouvoir législatif, est digne du système électoral :

« Il ne sera promulgué de lois nouvelles que lorsque le pro-
» jet en aura été proposé par le gouvernement, communiqué
» au tribunat et décrété par le corps législatif. » (Art. 25.)

Ainsi le pouvoir législatif est partagé entre trois. A chacun sa fonction.

Au gouvernement, la proposition.

Au tribunat, la discussion.

Au corps législatif, le décret.

Sous l'apparence d'une sage distribution, tout se trouve ici confondu ; toute initiative est déniée au corps prétendu législatif. Le tribunat seul offrirait des garanties s'il émanait du suffrage des citoyens ; mais dans les conditions de son origine il est voué à l'impuissance, et le gouvernement devient en réalité pouvoir législatif en même temps qu'il est pouvoir exécutif, violation flagrante des principes posés par la révolution et de celui, entre autres, de la séparation des pouvoirs.

Mais il est un pouvoir qui domine le tribunat et le corps législatif, pouvoir qui n'est pas nommé dans l'art. 25 cité ci-dessus et qui cependant doit passer en première ligne. Ce pouvoir suprême est le sénat.

Qu'est-ce que ce sénat ? d'où sort-il ? Qui lui a confié le pouvoir souverain ?

« Le sénat conservateur est composé de quatre-vingts mem-
» bres *inamovibles et à vie*, âgés de quarante ans au moins...
» La nomination à une place de sénateur se fait *par le sénat*
» qui *choisit* entre trois candidats présentés, le premier par le
» corps législatif, le second par le tribunat et le troisième par
» le premier consul. » (Art. 15 et 16.)

Où puise-t-il son droit, ce sénat qui se choisit lui-même ses membres ? De quelle autorité dérive-t-il ? De quelle souveraineté est-il le produit ? Il émane de lui, il a son principe en lui ; il ne représente pas le peuple, et cependant il est investi des plus hauts pouvoirs , des plus éminentes fonctions. Qu'est-ce que cette idole qui rend des oracles au sommet de la société et qui n'a pas de raison d'existence ?

Eh bien ! ce sénat sans droit « élit dans la liste nationale les » législateurs, les tribuns, les consuls, les juges de cassation » et les commissaires à la comptabilité. » (Art. 20.)

Nous avons dit comment était fabriquée cette liste soi-disant nationale. C'est sur cette liste qui ne présente aucune garantie à la liberté qu'un sénat qui, par sa constitution arbitraire et vicieuse, est naturellement l'ennemi de toute liberté, choisit les hommes qui seront chargés du pouvoir législatif !

Et l'on s'étonne qu'avec des lois pareilles, la France républicaine soit tombée du consulat temporaire au consulat à vie, du consulat à vie à l'empire, et de l'empire à la restauration ! Nous nous étonnons d'une chose, nous, c'est que la chute n'ait pas été plus rapide.

Comment un peuple entier a-t-il pu accepter une constitution semblable, après avoir joui de celle de 1791 et surtout de celle de 1793 ? Nous sommes faibles devant la gloire et nous pardonnons trop à qui porte au feu des batailles notre drapeau victorieux.

Rappelons-nous ces jours d'enivrement et de faiblesse pour ne plus tomber dans les mêmes fautes.

Ce fut une faute, en effet, et une faute des plus graves que de se laisser leurrer par quelques semblants de représentation. On crut peut-être n'avoir qu'un peu modifié la constitution de l'an III, qui déjà n'était pas si bonne. On avait détruit en fait toute espèce de constitution libre.

Le sénat placé dans les conditions que nous venons de dire a élu les consuls, les tribuns et les membres du corps législatif.

Les consuls forment le gouvernement. Ce gouvernement est composé de trois personnes nommées pour dix ans et rééligibles indéfiniment (art. 39) ; il possède, outre le pouvoir exécutif dont nous n'avons pas à nous occuper en ce moment, une des attributions les plus importantes du pouvoir législatif : à lui, et à lui seul, appartient l'initiative des lois nouvelles. « Il

» ne sera promulgué de lois nouvelles *que lorsque* le projet en
» aura été proposé par le gouvernement... En tout état de la
» discussion de ces projets, le gouvernement peut les retirer ;
» il peut les reproduire modifiés. » (Art. 25 et 26.)

Il dépend entièrement des consuls de présenter ou de ne
pas présenter une loi ; il dépend entièrement d'eux de retirer
ou de maintenir la loi proposée. Si des velléités d'indépendance, par le plus grand des hasards, se manifestaient au sein
du corps législatif, si une loi paraissait devoir éprouver un
échec, les consuls la retiraient, et tout était dit. Vainement le
tribunat ou le corps législatif aurait-il voulu reprendre en
sous-œuvre une loi jugée bonne , utile, nécessaire, il n'en
avait pas le droit.

Ainsi, le gouvernement possède la plus large part de la puissance législative.

Quant au tribunat, intermédiaire obligé entre les consuls et
le corps législatif, il joue, dans le mécanisme de la constitution de l'an VIII, un rôle infime.

« Le tribunat est composé de cent membres âgés de vingt-
» cinq ans au moins... Il discute les projets de lois ; il en vote
» l'adoption ou le rejet. Il envoie trois orateurs pris dans son
» sein, par lesquels les motifs du vœu qu'il a exprimé sur cha-
» cun de ces projets sont exposés et défendus devant le corps
» législatif... » (Art. 27 et 28.)

Remarquez les mots expressifs : *vœu qu'il a exprimé*. Ce
n'étaient, hélas ! que des vœux, et presque toujours des vœux
impuissants et stériles.

Suivons jusqu'au bout la confection de la loi.

Le corps législatif, composé de trois cents membres âgés de
30 ans au moins (31), et choisis, comme les consuls et les tribuns, par le sénat (20), « fait la loi en statuant par scrutin se-
» cret et *sans aucune discussion* de la part de ses membres,
» sur les projets de lois débattus devant lui par les orateurs
» du tribunat et du gouvernement. » (Art. 34.)

Ainsi, voilà la loi faite.

Elle a subi plusieurs épreuves. Elaborée par le conseil-d'état, sous la direction du gouvernement, elle a été présentée au tribunat, qui en a voté le rejet ou l'adoption ; puis elle a été portée devant le corps législatif, et là, en face d'une assemblée de muets, les orateurs du tribunat et les orateurs du gouvernement se sont livré bataille. Le corps législatif les a écoutés sans pouvoir proférer une parole, et, après les avoir entendus les uns et les autres, il a voté, toujours sans avoir le droit de discuter.

On a trouvé cette constitution profonde. Elle n'était que compliquée ; œuvre bizarre de Sieyès et de Bonaparte qui l'imposèrent à la France.

Le pouvoir législatif est morcelé. Quatre corps contribuent à la formation de la loi : le gouvernement qui la prépare et la propose, le tribunat qui la discute, le corps législatif qui la vote, et enfin, en dernier ressort, le sénat, qui peut la maintenir et l'annuler après qu'elle lui a été déférée comme inconstitutionnelle par le tribunat ou le gouvernement (21).

Le tribunat qui la discute n'est pas admis à la voter, et le corps législatif qui la vote n'est pas admis à la discuter.

Quelle différence entre cette organisation multiple, embarrassée, surchargée de distinctions et de divisions, et, en définitive, au point de vue de la souveraineté du peuple, illégale et arbitraire, et l'organisation unitaire écrite dans la constitution de 1793 !

Le *Sénatus-consulte organique* du 16 thermidor an X (4 août 1802) mutile, en feignant de la respecter, l'organisation du pouvoir législatif établie par la constitution de l'an VIII.

Le vainqueur de Marengo substitue sa volonté à la volonté nationale. Le sénat se fait complice de cette œuvre liberticide. Par un acte illégal, inconstitutionnel, attentatoire à l'esprit et à la lettre de la constitution, il relève les institutions monarchiques, en conférant à un seul l'exercice de tous les pouvoirs.

Au premier consul *seul* la présentation des candidats au sénat ; au premier consul *seul* la nomination pure et simple d'un certain nombre de sénateurs. (Art. 61, 62, 63.)

Le sénat se trouve par là asservi à l'influence du premier

consul. Il devient l'instrument de ses volontés. Pour que cet instrument soit utile, il lui est attribué une portion considérable du pouvoir législatif. Sous la dénomination de *Sénatus-consultes organiques* , il tranche et résout les plus graves questions constitutionnelles ; sous la dénomination de *Sénatus-consultes*, il prend d'importantes décisions. (Art. 54-57.)

Le tribunat et le corps législatif continuent de subsister ; mais par l'invention des sénatus-consultes, par les fonctions attribuées au sénat, ils sont dépouillés de la réalité du pouvoir législatif. Ils passent à l'état de conseils, de bureaux. Le sénat est tout : et le sénat n'étant en définitive que le serviteur du premier consul, il s'ensuit que le premier consul absorbe en sa personne les deux pouvoirs législatif et exécutif ; organisation qui mène droit au despotisme.

Aussi deux ans plus tard, le Consulat devient Empire. L'évolution monarchique est accomplie. Le sénatus-consulte organique du 28 floréal an XII (18 mai 1804) légalise cette nouvelle usurpation, en concentrant de plus en plus tous les pouvoirs dans les mains de l'empereur et en substituant partout la nomination à l'élection, la faveur au droit.

La charte de 1814, *l'acte additionnel des Cent-Jours* et *la Charte de* 1830 appliquent à la France le système constitutionnel anglais.

« La puissance législative s'exerce collectivement par le roi,
» la chambre des pairs et la chambre des députés des dépar-
» tements. (Charte de 1814, art. 15.)

» Le pouvoir législatif est exercé par l'empereur et par
» deux chambres. (Art. 2 de l'acte additionnel.)

» La puissance législative s'exerce collectivement par le
» roi, la chambre des pairs et la chambre des députés. »
(Charte de 1830, art. 14.)

L'organisation du pouvoir législatif dans ces trois constitutions est identique. Il y a cependant quelques différences, tant dans la forme que dans le fond. Nous en signalerons une seule. L'initiative des lois, d'après la charte de 1814, appartient au roi *seul* ; les chambres n'ont que la faculté de *supplier* le roi de proposer une loi sur un objet. (Art. 16, 17 et 19.)

Il en est de même dans l'acte additionnel ; seulement, au lieu de la faculté de *supplier*, expression courtisanesque, c'est la faculté d'*inviter* que reconnaît aux chambres cette constitution. (Art. 23, 24.) Dans la charte de 1830, au contraire, l'initiative appartient aux trois membres du pouvoir législatif. (Art. 15, 17.) Elle est néanmoins entourée, en ce qui concerne les chambres, de quelques formalités gênantes.

A part cette différence, à part l'hérédité de la pairie abolie en 1831, à part quelques autres dissemblances moins importantes, les trois constitutions dont nous parlons sont calquées sur le même modèle. Toutes trois confient à trois corps l'exercice du pouvoir législatif ; toutes trois établissent une chambre des pairs à la nomination du gouvernement et une chambre de députés ou représentants émanant de l'élection ; toutes trois partent du même principe : Le pouvoir législatif doit être divisé, et rêvent la même chimère: l'équilibre ou la pondération des pouvoirs.

Leur théorie suppose deux chambres ayant chacune des intérêts divers ; le roi les pondère et établit l'équilibre.

Cet équilibre, s'il pouvait exister, ne produirait qu'une immobilité éternelle. Or, la loi des sociétés n'est pas l'immobilité, mais le développement progressif et continu.

Mais cet équilibre est une illusion. Il ne peut exister ; et, en effet, malgré les efforts des docteurs de l'école anglaise, il n'a jamais existé. Le roi, avec la nomination d'une des deux chambres, compose et remplit cette chambre de ses amis, de ses partisans, de ses créatures. Le pouvoir royal fait cause commune avec la chambre issue de lui. Au lieu de la pondération, on a la lutte, lutte entre le pouvoir royal uni à la chambre aristocratique et la chambre élective. Deux contre un, voilà la balance, voilà l'équilibre.

Le roi possède la puissance exécutive, il a en outre deux parts sur trois de la puissance législative. Où est le contre-poids d'une pareille force ? Montesquieu, le grand-prêtre de l'école que nous combattons, ne l'a-t-il pas lui-même condamnée en

écrivant : « Lorsque dans la même personne ou dans le même
» corps de magistrature, la puissance législative est unie à la
» puissance exécutrice, il n'y a point de liberté. » (*Esprit des
lois.*—*De la constitution d'Angleterre.*)

La puissance exécutrice, pour nous servir de l'expression de
Montesquieu, et les deux tiers de la puissance législative, se
trouvent réunis dans la même personne, le roi. Le troisième
tiers de la puissance législative doit, en cas de conflit, avoir
nécessairement le dessous. On est conduit à conclure, d'après
Montesquieu, qu'il ne saurait y avoir de liberté avec un pareil
système, et que l'on doit aboutir par une pente irrésistible à la
monarchie absolue.

On en a pu juger par trente ans d'expérience. On a pu voir
chaque jour le pouvoir royal empiéter et grandir aux dépens
des chambres. On a pu voir la prétendue balance pencher
d'un seul côté. Les plus obstinés doivent être convaincus du
mensonge de l'équilibre.

Pour nous résumer, trois constitutions, celle de 1791, celle
de 1793 et celle de l'an III établissent seules, à des degrés différents, il est vrai, un pouvoir législatif sérieux, c'est-à-dire un
pouvoir législatif émanant directement de la souveraineté nationale et entièrement distinct du pouvoir exécutif. La constitution de l'an VIII créa un système bizarre sans puissance et
sans vie. Le pouvoir législatif, produit d'une épuration impo-
pulaire, y fut morcelé à l'infini. Les sénatus-consultes de l'an
X et de l'an XII livrèrent le pouvoir législatif au pouvoir exécutif. Les chartes de 1814, l'acte additionnel et la charte de
1830 aboutirent où ils devaient aboutir, que cela fût ou non
dans la pensée de leurs auteurs, à l'absorption des chambres
par le pouvoir royal.

Aujourd'hui triomphante, la démocratie devra organiser le
pouvoir législatif sur des bases larges et rationnelles. Elle re-
jettera, comme indignes de la République, les fictions dont
ont vécu les gouvernements précédents ; elle se méfiera des
inspirations de l'école doctrinaire constitutionnelle ; elle re-
poussera la tradition anglaise ; elle se souviendra que, si elle a

un modèle à suivre, ce modèle est dans la constitution de 1793, la plus haute expression de la vérité démocratique. Elle assurera le pouvoir législatif dans une Assemblée issue du suffrage universel et dans une Assemblée unique, car « A quoi » bon deux chambres en France? Impossible, en effet, de » comprendre, je ne dis pas la nécessité, mais l'utilité d'une » double représentation des mêmes intérêts identiques; d'un » double centre d'une administration essentiellement une. » Cela choque le bon sens et ne peut guère qu'amener, soit des » rivalités de corps et des luttes toujours funestes au pays, soit » des tentatives pour changer sa constitution même. » (La-mennais. *Questions politiques et philosophiques.*)

Pénétrée de ces vérités, fidèle à l'esprit de la révolution, l'Assemblée Nationale constituante, confiera, nous l'espérons fermement, le pouvoir législatif à une assemblée unique, in-dépendante et indivisible.

—

II.

POUVOIR EXÉCUTIF.

La loi faite, il faut en assurer l'exécution.

L'exécution de la loi comporte le droit de commentaire, d'explication, d'instruction. L'exécution de la loi comprend la direction de toutes les branches de l'administration, la no-mination et la surveillance de tous les agents de cette adminis-tration.

Après le pouvoir de faire la loi, celui de la faire exécuter est de tous le plus éminent.

Le pouvoir exécutif doit être séparé du pouvoir législatif, parce qu'il y a péril de tyrannie si ces deux pouvoirs sont con-fondus; parce que celui qui exécute la loi doit apporter dans l'exécution une impartialité qui ne peut être le partage de celui qui a délibéré et voté la loi souvent au milieu des orages, toujours sous l'impression des circonstances, des exigences de parti et des mille passions humaines.

D'où nécessité de nommer ceux-ci pour faire la loi, ceux-là pour l'exécuter.

Or, comme tous les pouvoirs résident dans la nation et ne résident qu'en elle, nécessité de faire découler le pouvoir exécutif aussi bien que le pouvoir législatif de la source de tous pouvoirs, de la souveraineté du peuple.

Donc le pouvoir exécutif doit émaner de l'élection directe et universelle.

Si le pouvoir exécutif est nommé par le pouvoir législatif, la séparation des pouvoirs et l'indépendance du pouvoir exécutif deviennent illusoires, car, par la force des choses, celui qui est nommé dépend de celui qui le nomme.

Le pouvoir exécutif doit être délégué à un seul ; l'unité d'action, force d'un gouvernement, n'est qu'à ce prix.

Mais, en revanche, il doit être délégué pour un temps très court, parce qu'un long exercice du pouvoir est dangereux pour la liberté.

Le chef du pouvoir exécutif ne doit pas être rééligible immédiatement pour la même raison. La République doit se garder des idoles.

Le pouvoir exécutif doit être responsable. La responsabilité doit exister à tous les degrés de la hiérarchie. Il serait bizarre que les subordonnés fussent responsables et que le chef ne le fût pas ; heureusement le temps des fonctionnaires tout-puissants et inviolables est passé. Le règne des fictions constitutionnelles fait place au règne de la justice, et la justice exige que chacun réponde de ses actes.

Tels sont, à notre avis, les vrais principes. Le pouvoir exécutif doit être électif, un, indépendant, temporaire et responsable.

Les diverses constitutions françaises ont-elles réalisé ces conditions, qui nous paraissent fondamentales ? Nous devons dire que pas une ne les réunit toutes. L'organisation du pouvoir exécutif est la partie la plus faible, la plus incomplète de leur œuvre.

L'examen va nous en convaincre.

« Le pouvoir exécutif suprême réside exclusivement dans la » main du roi. — La royauté est héréditaire, la personne du » roi inviolable et sacrée. — Le chef du pouvoir exécutif est » irresponsable; il gouverne par des ministres responsables » dont il a le choix et la révocation. » (Constitution de 1791, chap. IV, art. 1er; chap. II, sect. 1, art. 1 et 2; chap. II, sec. IV, art. 1 et 5.)

Au sommet du pouvoir exécutif, un roi inviolable; au-dessous de lui, choisis par lui, des ministres responsables.

Il y a beaucoup à dire sur cette organisation vicieuse. Les réflexions qu'elle suggère trouveront plus loin leur place. Nous reverrons dans les chartes de 1814 et de 1830 le même système, système d'importation étrangère et d'imitation anglaise. Nous ajournons nos critiques pour les faire porter à la fois sur toutes les constitutions qui ont reproduit la même théorie, et éviter ainsi des répétitions inutiles.

Disons cependant, à la décharge des législateurs de 91, qu'en conférant à un roi des pouvoirs très étendus et en lui attribuant l'inviolabilité et l'hérédité, ils ne faisaient que lui confirmer une autorité que semblait avoir consacrée l'usage de plusieurs siècles, et ils venaient de lui enlever le pouvoir législatif dont ses aïeux avaient joui comme de leur droit. Sachons faire la part des temps, et, tout en réprouvant un faux système, ne soyons pas injustes envers les hommes qui nous ont arrachés au despotisme et initiés à la liberté. Ils marchaient en avant; les législateurs de 1814 et les correcteurs de 1830 marchaient en arrière.

La constitution de 1793 confère le pouvoir exécutif à un conseil composé de vingt-quatre membres. Pour la formation de ce conseil, l'assemblée électorale de chaque département nomme un candidat, et le corps législatif choisit sur la liste générale les membres du conseil. (Art. 62, 63.)

On peut adresser à ce système deux reproches : l'un, de

composer le conseil exécutif d'un trop grand nombre de membres et de détruire par-là l'unité d'action ; l'autre, de mettre le pouvoir exécutif à la discrétion du pouvoir législatif, en attribuant à ce dernier la nomination de l'autre.

Nous ne notons que pour mémoire la création des douze comités du gouvernement révolutionnaire. Le décret des 12-13 germinal, an II, n'avait qu'un caractère exceptionnel. C'était une mesure de circonstance.

La constitution de l'an III établit sur d'autres bases le pouvoir exécutif :

« Le pouvoir exécutif est délégué à un directoire de cinq
» membres, nommé par le corps législatif, faisant alors les
» fonctions d'assemblée électorale, au nom de la nation. Le
» conseil des Cinq-Cents forme au scrutin secret une liste dé-
» cuple du nombre des membres du directoire qui sont à nom-
» mer, et la présente au conseil des Anciens qui choisit aussi
» au scrutin secret dans cette liste. » (Art. 132-133.)

Ce directoire ainsi formé nomme, hors de son sein, les ministres et les révoque, lorsqu'il le juge convenable. Les ministres sont respectivement responsables tant de l'inexécution des lois que de l'inexécution des arrêtés du directoire. (Art. 148-152.)

Il y a une analogie remarquable entre l'organisation du pouvoir exécutif, d'après la constitution de l'an III, et celle de la commission exécutive établie dernièrement par l'Assemblée nationale. Dans l'un et l'autre cas, le pouvoir exécutif est conféré à cinq personnes gouvernant par un ministère à leur choix; dans l'un et l'autre cas, le pouvoir législatif délègue le pouvoir exécutif, sans faire appel à la nation.

Pour l'honneur des principes, la constituante de l'an III crut devoir déclarer qu'en déléguant le pouvoir exécutif, le corps législatif agissait au nom de la nation.

La constitution de l'an VIII rétrograde au-delà de 1791.

Elle attribue le pouvoir exécutif à un seul, au premier consul ; car, ainsi que l'a justement remarqué M. Thiers, peu suspect en pareil cas, les deux autres consuls ne se trouvaient là que pour dissimuler l'immense autorité déférée au général Bonaparte.

L'unité dans le pouvoir exécutif n'est un bien qu'autant qu'elle est accompagnée de garanties sérieuses et réelles. Dans la constitution de l'an VIII ces garanties font défaut, ainsi que nous l'allons voir.

« Le gouvernement est confié à trois consuls nommés pour » dix ans et indéfiniment rééligibles (39). Le premier consul a » des fonctions et des attributions particulières, dans lesquelles » il est momentanément suppléé, quand il y a lieu, par un de » de ses collègues (40). »

L'art. 41 attribue au premier consul le gouvernement tout entier, et l'art. 42 révèle, avec une incroyable naïveté, à quel rôle minime étaient réduits les deux acolytes du premier consul.

« Dans les autres actes du gouvernement, le second et le » troisième consuls ont voix consultative, ils signent le regis- » tre de ces actes *pour constater leur présence,* et, s'ils le veu- » lent, ils y consignent leurs opinions, après quoi *la décision* » *du premier consul suffit.* »

Le pouvoir exécutif, dans la constitution de l'an VIII, tire son origine du sénat (20), et le sénat, on le sait, ne tirait pas la sienne de la nation.

C'est là un vice radical.

Il en est d'autres. Le pouvoir exécutif est délégué pour *dix ans*.

En dix ans, un homme habile, investi d'une autorité considérable, pour peu qu'il soit ambitieux, sape et dénature les institutions, corrompt les hommes et assure le pouvoir dans ses mains. Si dix ans ne lui suffisent pas pour la consommation de ce crime, ils lui suffisent du moins pour assurer sa réélection; et, comme il est indéfiniment rééligible, le succès ne peut moins faire que de couronner sa persévérance. Que sera-ce si, à l'habileté et à l'ambition, le chef du pouvoir exécutif joint le prestige de la gloire?

Confier un pouvoir énorme à un seul homme, pour un temps

long et qui peut devenir indéfini, c'est créer un danger permanent, une situation pleine de périls. Garantir l'impunité de ce fonctionnaire, en le déclarant irresponsable, c'est le comble de l'imprudence. C'est déposer dans la constitution le germe destructeur par lequel elle périra. (Voir l'art. 69.)

Le sénatus-consulte organique du 16 thermidor an X développe ce germe funeste. Les consuls n'étaient investis du pouvoir exécutif que pour dix ans. Ils deviennent consuls à vie (39). Les trois consuls étaient nommés par le sénat; le second et le troisième ne sont plus nommés que sur la présentation du premier. Quant au premier, il a toujours la plénitude du pouvoir. Bien plus, on pousse l'engouement monarchique jusqu'à lui conférer un pouvoir posthume. Il pourra présenter un citoyen pour lui succéder après sa mort (42). Il pourra même le présenter par testament en déposant son vœu aux archives (46).

De là à l'hérédité, il n'y a qu'un pas. Ce pas est franchi par le sénatus-consulte organique du 28 floréal an XII.

« Le gouvernement de la République (Ils osaient encore
» appeler cela une République!) est confié à un empereur qu
» prend le titre d'empereur des Français. La dignité impériale
» est héréditaire dans la descendance directe, naturelle et lé-
» gitime de Napoléon Bonaparte, etc. » (Art. 1-3.)

Et voilà où devait aboutir la Constitution de l'an VIII. La frayeur des uns, le dégoût des autres entraînèrent la France à une Restauration monarchique. Les réactions ne procèdent pas autrement. On ne veut d'abord que réprimer la licence, que prévenir les écarts, que renfermer la liberté dans des limites raisonnables. Dans ces intentions, on constitue un gouvernement fort, et puis, poussant le zèle à l'excès, on arrive à faire main basse sur toutes les libertés, à aliéner au profit d'un individu l'inaliénable souveraineté, et à donner au monde l'étrange spectacle d'hommes occupés à relever l'édifice que, peu d'années auparavant, ils jetaient à terre aux acclamations de tous.

Bizarres vicissitudes ! Sieyès, le penseur audacieux de 1789, celui qui voulait que le tiers-état fut *tout*, formule en 1799 une constitution où le chef du pouvoir exécutif est *tout*, constitution dont l'Empire est le dernier mot, la conséquence fatale.

Après l'Empire, la charte octroyée de 1814 implante en France le système constitutionnel anglais.

Louis XVIII, dans le préambule de cette charte, déclare que bien que *l'autorité tout entière réside en France dans la personne du roi*, il reconnait que le vœu de *ses sujets* pour une charte constitutionnelle est l'expression d'un besoin réel ; mais que, tout en cédant à ce vœu, il prendra toutes les précautions, *dans le propre intérêt des peuples*, pour conserver les droits et les prérogatives de la couronne.

On s'en aperçoit à l'organisation du pouvoir exécutif :

« La personne du roi est inviolable et sacrée. Ses ministres » sont responsables. Au roi seul appartient la puissance exécu- » tive. » (Charte de 1814, art. 13.)

Suit l'article 14 dans lequel était renfermé le germe des fameuses ordonnances de juillet, et par contre-coup la révolution de 1830.

« Le roi est le chef suprème de l'Etat ; il commande les » forces de terre et de mer, déclare la guerre, fait les traités » de paix, d'alliance et de commerce, nomme à tous les em- » plois d'administration publique et fait les réglements et or- » donnances nécessaires pour l'exécution des lois et *la sûreté* » *de l'Etat.* »

Il fait les ordonnances nécessaires *pour la sûreté de l'Etat.* Qui est juge de cette nécessité ? Le roi. Quand la sûreté de l'Etat est-elle menacée ? Elle l'est, l'événement l'a prouvé, quand les passions, les colères de certains courtisans rencontrent dans la nation une opposition unanime. Alors on fait usage de l'arme mise en réserve dans la rédaction vague d'un article de la Constitution. Une interprétation habile mène à tout. En prétextant la sûreté de l'Etat, le chef du pouvoir exécutif pouvait de sa seule autorité, et par simple ordonnance, modifier, altérer ou détruire les droits les plus sacrés ; il pouvait se jouer de toutes les libertés, de la liberté individuelle, comme de la liberté des cultes, et de la liberté des cultes comme de la liberté de la presse.

Les mots de *sûreté de l'Etat* sont des mots à mille ententes, tellement élastiques qu'ils sont l'éternelle excuse de tous les partis, la légitimation quelquefois de tous les crimes. C'est au nom du salut public que Bonaparte a commis l'attentat du 18 brumaire, c'est au nom de la sûreté de l'Etat que les derniers ministres de la monarchie restaurée ont voulu étouffer sous leurs bâillons la voix de la presse.

Ces exemples, choisis entre une foule d'autres, suffisent pour montrer qu'il ne faut pas laisser au pouvoir exécutif un droit si dangereux, droit par lequel il empiéterait sur le pouvoir législatif. Le pouvoir exécutif se borne à exécuter des lois faites, mais il ne doit point en faire. Ordonnances, réglements, arrêtés, instructions, etc., peu importent les mots, les actes du pouvoir exécutif ne doivent pas dépasser la limite exécutive, sinon on marche aux coups d'état.

La charte de 1830, dans son article 12, reproduit littéralement l'article 13 de la charte de 1814 cité plus haut.

Elle reproduit également l'article 14; mais, arrivant aux mots *la sûreté de l'Etat,* elle les efface et les remplace par ceux-ci: « Sans pouvoir jamais ni suspendre les lois elles-» mêmes ni dispenser de leur exécution. » Elle ajoute ensuite comme garantie contre le pouvoir exécutif: « Toutefois, au-» cune troupe étrangère ne pourra être admise au service de » l'Etat qu'en vertu d'une loi. » (Charte de 1830, art. 13.) On se souvenait des Suisses.

Ce remaniement prouve que l'expérience profite; et février 1848 prouve que ses leçons s'oublient rapidement. Si, lors de nos trois dernières journées, la royauté issue des barricades eût eu à sa disposition un bout d'article sur *la sûreté de l'Etat,* elle aurait agi en vertu de la charte, et n'aurait pas été obligée de déterrer dans le Bulletin une loi oubliée pour s'en faire l'arme que le peuple a brisée dans sa légitime colère.

A ce propos nous émettrons le vœu que la République fasse

une revue générale de tous les décrets, lois, sénatus-consultes, etc., faits depuis 1789, qu'elle déclare quelles dispositions sont encore en vigueur, et qu'elle abroge toutes les autres. De la sorte, les droits des citoyens ne seront plus à la merci du premier fonctionnaire érudit qui s'aviserait de prendre un arrêté en vertu d'un décret impérial ou d'une des mille lois de circonstance avec lesquelles les partis se sont battus et décimés.

Les deux chartes de 1814 et de 1830 ont, sauf quelques nuances, constitué un pouvoir exécutif identique au fond à celui de la constitution de 1791.

Le pouvoir exécutif est confié à un roi héréditaire, inviolable et sacré, qui choisit et révoque à son gré les ministres chargés du gouvernement.

L'hérédité dans une fonction qui exige une haute intelligence, une capacité incontestable, une probité et une moralité à toute épreuve, est la plus insigne des absurdités. Outre qu'elle est, en droit, une violation permanente et flagrante du principe de la souveraineté du peuple, elle assure en fait la direction du gouvernement à un homme qui peut être ignorant, incapable, immoral ou fou. Ce n'est point là une pure hypothèse. On n'a qu'à jeter les yeux sur une généalogie royale.

Mais l'hérédité, dit-on, garantit l'Etat contre les menées ambitieuses et les tentatives des prétendants, elle le sauve des orages de l'élection. Erreur dont l'histoire fait justice. Quand a-t-on vu le principe admis de l'hérédité empêcher le parti le plus fort de s'introniser à la place du plus faible, et les branches cadettes d'une famille royale de conspirer contre les branches aînées? Il y a eu dans les monarchies héréditaires autant de guerres civiles pour la possession du pouvoir qu'il y en a eu dans les républiques et les monarchies électives. Les passions changent d'objet, mais ne meurent pas. L'ambition est éternelle. Quelle que soit la forme du gouvernement, de quelque manière que soit constitué le pouvoir, ce pouvoir sera toujours le point de mire des ambitieux ; il faut s'y attendre. Le peuple souverain rassemblé autour de l'urne électorale a seul assez de puissance pour avoir raison de toutes les prétentions dynastiques.

A quoi bon s'appesantir sur ce point? L'hérédité est jugée. Elle n'est qu'une monstrueuse anomalie aux yeux du bon sens qui proclame que les fonctions doivent être remplies par les plus dignes, et que le gouvernement d'un grand peuple ne doit pas écheoir, de par le hasard de la naissance, au premier principicule venu.

Après l'hérédité, l'inviolabilité ; ces deux hérésies constitutionnelles se donnent la main. L'une vaut l'autre. L'inviolabilité est un legs fait par les vieilles monarchies de droit divin aux états modernes. La République le répudiera. L'inviolabilité ne saurait se concevoir qu'avec l'inertie la plus complète, ainsi que l'a spirituellement fait ressortir Timon. « Vous n'êtes
» inviolable que parce que vous êtes impeccable ; vous n'êtes
» impeccable que parce que vous ne pouvez rien faire : que,
» si vous pouviez faire , vous pourriez mal faire ; que, si vous
» pouviez mal faire, vous seriez peccable, et que, si vous étiez
» peccable, vous pourriez être violé. » (*Etat de la question.*)

Il n'y a rien à répondre à cette argumentation ; et, en effet, on n'y a répondu qu'en la confirmant. Le roi est inviolable, parce que personnellement il ne fait rien, et ses ministres seuls sont responsables, parce que seuls ils agissent et gouvernent. Théorie démentie par le raisonnement et par l'histoire. Comment supposer qu'avec des pouvoirs considérables, des attributions immenses, une influence sans contrepoids et des prérogatives inouïes, le chef du pouvoir exécutif se condamnera à l'inaction et ne profitera pas de sa puissance pour faire prévaloir sa pensée.

Y compter, c'est peu connaître la nature humaine ; c'est poursuivre une chimère au moins égale à la chimère de l'équilibre des pouvoirs. — Qu'appelait-on, sous Louis-Philippe, *la pensée du règne?* Etait-ce la pensée ministérielle ou la pensée royale?

Les mystères et les fictions peuvent bercer les peuples esclaves. Les peuples libres ne se soumettent qu'à la raison.

Ces deux débris du despotisme, l'hérédité et l'inviolabilité, ont reçu depuis soixante ans des coups dont ils ne se relèveront pas. Louis XVI, Napoléon, Charles X, Louis-Philippe ont été tour à tour proclamés inviolables et héréditaires, et tour à tour violés et expulsés.

La République cherchera la force du pouvoir exécutif ailleurs que dans des théories illusoires. Elle l'appuiera sur les principes au lieu de le baser sur des fictions. Elle se souviendra que ce pouvoir a été jusqu'à ce jour mal organisé ;

Que dans la constitution de 1791, dans les chartes de 1814 et de 1830 il était unitaire, mais qu'il n'était ni électif, ni temporaire, ni responsable;

Que dans la constitution de 1793 il était temporaire et responsable, mais qu'il n'était ni unitaire ni complétement électif;

Que dans la constitution de l'an III il était temporaire; mais qu'il n'était ni électif, ni unitaire, ni suffisamment responsable;

Et que dans la constitution de l'an VIII il était unitaire *par le fait*, et encore un peu temporaire ; mais qu'il n'était ni électif ni responsable.

Forte des précédents et éclairée par l'expérience, la République devra marcher d'un pas ferme et sûr, éviter les écueils où d'autres se sont brisés, et asseoir le pouvoir exécutif sur les bases invariables du droit.

Elle le constituera électif et unitaire pour qu'il ait la force et l'indépendance, temporaire et responsable pour qu'il ne puisse attenter à la liberté.

III.

POUVOIR JUDICIAIRE.

La loi est faite ; elle s'exécute. Sur cette exécution, des conflits surgissent entre les citoyens. A qui d'en décider ? Sera-ce au pouvoir législatif ou au pouvoir exécutif? Ce ne doit être ni à l'un ni à l'autre. Il y a péril des deux côtés : péril d'anarchie d'une part, péril de tyrannie de l'autre.

Le pouvoir judiciaire ne peut être exercé ni par le corps législatif ni par le pouvoir exécutif. (Voir constitution de 1791, section III, chap. V, art. 1 ; constitution de l'an III, art. 202.)

C'est là un point fondamental.

« Afin que le pouvoir judiciaire soit organisé de manière à
» ne mettre en danger ni la liberté civile ni la liberté politi-
» que, il faut que, *dénué de toute espèce d'activité contre le ré-*
» *gime politique de l'Etat, et n'ayant aucune influence sur les*
» *volontés qui concourent à former ce régime et à le mainte-*
» *nir,* il dispose, pour protéger tous les individus et tous les
» droits, d'une force telle que, toute puissante pour défendre
» et pour secourir, elle devienne absolument nulle sitôt que,
» changeant sa destination, on tenterait d'en faire usage pour
» opprimer.

» Pour cela, il faudra, en premier lieu, que le pouvoir ju-
» diciaire *ne dépende essentiellement que de la volonté de la*
» *nation ;* en deuxième lieu, que les dépositaires du pouvoir
» judiciaire ne participent en rien à la puissance législa-
» tive, etc. » (Bergasse ; rapport fait à la Constituante sur l'organisation judiciaire, le 17 août 1789.)

Qu'on médite bien les mots : *dénué de toute espèce d'activité contre le régime politique de l'Etat.* Il aura cette activité, s'il est uni soit au pouvoir législatif, soit au pouvoir exécutif ; il sera uni à ces pouvoirs, s'il dépend de l'un ou de l'autre ; il en dépendra, si les membres qui le composent sont à la nomina-tion de ces pouvoirs sans garantie aucune.

Il suit de là qu'en dehors du pouvoir législatif et du pou-voir exécutif, il faut un troisième pouvoir indépendant des deux premiers et uniquement chargé de veiller au maintien et à la sauvegarde des lois. Ce pouvoir est le pouvoir judiciaire.

Le peuple étant la source de tous pouvoirs, le pouvoir ju-diciaire devrait, comme les pouvoirs législatif et exécutif, émaner du suffrage universel.

L'amovibilité des juges serait une conséquence de leur élection par le peuple. L'amovibilité est la sanction de la responsabilité, et la responsabilité des fonctionnaires est le gage de leur respect des institutions et de leur fidélité à remplir leurs devoirs.

L'examen complet de l'organisation judiciaire nous entraînerait au-delà des limites de ce travail. Nous bornant aux principes essentiels, nous n'étudierons le pouvoir judiciaire que sous les deux points de vue de l'élection des juges et de l'inamovibilité.

« C'est un droit du peuple, c'est un droit éternel, inatta» quable de garder les pouvoirs qu'il peut exercer. » (*Discours de Duport à l'Assemblée Constituante, le 30 avril* 1790.)

Il peut exercer le pouvoir judiciaire par des délégués. Donc il doit le conserver avec un soin jaloux. L'abandonner, c'est laisser mutiler sa souveraineté.

La constitution de 1791 consacre ces vérités.

« Le pouvoir judiciaire est délégué à des juges élus à temps » par le peuple. La justice sera rendue gratuitement par des » juges élus à temps par le peuple. (Titre III, art. 5, sect. III, chap. 5, art. 2.)

L'élection des juges et leur amovibilité adoptées par la constitution de 1791, le sont également par la constitution de 1793.

« Il y a des juges de paix élus par les citoyens des arrondis» sements déterminés par la loi. Il y a des arbitres publics » élus par les assemblées électorales. Les juges de paix et les » arbitres publics sont élus tous les ans. Il y a pour toute la » République un tribunal de cassation. Les membres de ce » tribunal sont nommés tous les ans par les assemblées élec» torales. » (88, 91, 95, 98, 100.)

Mêmes principes dans la constitution de l'an III :

« Il y a dans chaque arrondissement déterminé par la loi un » juge de paix et ses assesseurs. Ils sont tous élus pour *deux* » *ans* et peuvent être immédiatement et indéfiniment réélus. » Il y a un tribunal civil par département. Tous les *cinq ans*, » on procède à l'élection de tous les membres du tribunal... Il

» y a pour toute la République un tribunal de cassation. Ce
» tribunal est renouvelé *par cinquième tous les ans*. Les assem-
» blées électorales des départements nomment successive-
» ment et alternativement les juges qui doivent remplacer
» ceux qui sortent du tribunal de cassation. » (212, 216, 234,
259.)

Les trois constitutions de 1791, de 1793 et de l'an III, toutes trois démocratiques, à des dégrés plus ou moins éminents,
ont toutes trois adopté les principes de l'élection et de l'amovibilité des fonctionnaires investis du pouvoir judiciaire.

La constitution de l'an VIII se garde de suivre l'exemple de
ses aînées. Elle considère comme non avenues les dix années
de révolution. A ses yeux les juges ne sont que des agents
du pouvoir exécutif. Aussi revient-elle, en grande partie du
moins, à l'institution des juges par le chef du pouvoir exécutif. Il n'y a plus de pouvoir judiciaire.

La constitution de l'an VIII fait un curieux amalgame de
tous les principes. Elle admet l'élection et l'amovibilité pour
les uns, la nomination par le pouvoir exécutif et l'inamovibilité pour les autres, et enfin le choix par le sénat sur la liste
nationale pour d'autres. Ainsi elle conserve l'élection et l'amovibilité des juges de paix (60), elle met à la nomination du
pouvoir exécutif tous les juges autres que les juges de paix et
les juges de cassation (41), et elle fait élire les juges de cassation par le sénat sur la liste nationale (20).

Trois ordres de juges :

1° Les juges de paix ;

2° Les juges de première instance, les juges d'appel et les
juges criminels;

3° Les juges de cassation.

Au peuple l'élection des premiers.

Au premier consul la nomination des seconds.

Au sénat le choix des troisièmes.

Le droit conféré au premier consul est beaucoup plus
étendu que celui conféré au peuple et que celui conféré au
sénat. Les tribunaux de première instance et d'appel, et les tri-

bunaux criminels décident de tous les plus chers intérêts des citoyens. Les juges de paix ont des fonctions très limitées. Le tribunal de cassation est, il est vrai, placé au sommet de l'ordre judiciaire. Gardien de la loi, il veille à sa stricte application dans tous les tribunaux de la République; mais il descend peu dans la région des affaires positives, et, en définitive, choisi par le sénat qui devient peu à peu l'instrument servile du premier consul, ce fut comme s'il eût été à la nomination de ce dernier.

Que devient le principe proclamé par le rapporteur de la Constituante : *Le pouvoir judiciaire doit dépendre essentiellement de la volonté de la nation?* Que reste-t-il à la volonté de la nation? Il lui reste l'élection des juges de paix dont le seul rôle est de concilier.

Les juges de paix, avec leurs attributions restreintes, sont les seuls juges amovibles. Tous les autres conservent leurs fonctions toute leur vie. (68.)

Nous l'avons déjà remarqué à propos des pouvoirs législatif et exécutif, et la même observation s'applique au pouvoir judiciaire : la constitution de l'an VIII vise à la résurrection de la monarchie par l'abandon des idées républicaines et l'extension immodérée du pouvoir exécutif. En ce qui touche spécialement le pouvoir judiciaire, le peuple est dépouillé d'un de ses droits.

La charte de 1814 est encore plus hardie que la constitution de l'an VIII. Elle revient purement et simplement à l'ancien régime.

« Toute justice émane du roi. Elle s'administre en son nom » par des juges qu'il nomme et qu'il institue. Les juges nom-» més par le roi sont inamovibles. » (Art. 57, 58.)

Toute justice émane du roi! C'est la vieille maxime féodale dans toute l'arrogance de ses prétentions aristocratiques. Non, Messieurs du droit divin, il n'est pas vrai que toute justice émane du roi. Toute justice émane de Dieu, et après Dieu, du peuple.

C'est le propre des mauvais principes de confondre toutes les idées, de bouleverser toutes les notions de juste et d'in-

juste, de bien et de mal. L'inamovilité devient utile et nécessaire dans une constitution où la nomination des juges est dévolue au pouvoir exécutif. Sous la Restauration, l'inamovibilité a été en maintes circonstances un frein salutaire aux
empiétements du pouvoir, de même sous la monarchie de
juillet. Les services rendus par l'inamovibilité à la cause libérale, ont fait juger l'institution bonne, tandis qu'elle n'était
bonne que parce que la constitution était mauvaise.

Les mêmes réflexions s'appliquent à l'acte additionnel des
Cent-Jours et à la Charte de 1830.

« L'empereur nomme tous les juges. Ils sont inamovibles
» et à vie dès l'instant de leur nomination, etc. » (Acte additionnel, 51.)

« Toute justice émane du roi. Elle s'administre en son
» nom par des juges qu'il nomme et qu'il institue. Les juges
» nommés par le roi sont inamovibles. » (Charte de 1830,
art. 48 et 49.)

Déclarer que toute justice émane du roi, c'est une folie ex-
cusable jusqu'à un certain point chez les anciens émigrés de
Coblentz, revenus en 1814 sur les fourgons de l'invasion; mais
c'est le comble de l'absurde chez les législateurs de 1830, au
lendemain d'une révolution faite par le peuple. C'était confis-
quer les fruits de la victoire et provoquer de nouvelles luttes.

Nous avons vu à l'œuvre cette magistrature nommée
par le roi et inamovible. Elle a été la complice du pouvoir
exécutif dans tous ses attentats contre nos libertés; elle l'a
même dépassé, témoin l'application de certaine jurisprudence
qui est restée flétrie du nom de son auteur. (*Jurisprudence
Bourdeau.*)

Remis en 1848 en possession de sa souveraineté, le peuple en serait-il de nouveau dépouillé? Là est aujourd'hui la
question.

M. Lamennais, dans son projet de constitution, demande
que les membres des tribunaux communaux et départemen-
taux soient élus par les électeurs tous les trois ans.

M. Marrast, dans le projet élaboré par lui, au nom de la commission de constitution dont il a été nommé rapporteur, se rattache à d'autres principes.

Les juges de paix seraient soumis à l'élection. Les juges de première instance et d'appel seraient nommés par le président de la République, et les juges de cassation par l'Assemblée nationale. Les juges de première instance, d'appel et de cassation seraient inamovibles.

Ce projet est une réminiscence de la constitution de l'an VIII. Le pouvoir judiciaire est dans la main du pouvoir exécutif et du pouvoir législatif. Au lieu de magistrats revêtus par l'élection d'un caractère sacré, investis du droit de juger par la confiance populaire, on a des agents du gouvernement possédant de plus que les autres l'inamovibilité de leurs erreurs. Heureusement l'extension donnée à l'institution du jury viendra modifier complètement le pouvoir judiciaire en France, le fonder sur des bases nouvelles.

C'est à faire concorder l'application du jury avec les principes qui peuvent créer une magistrature impartiale, que doit s'attacher l'Assemblée Nationale en organisant le pouvoir judiciaire.

IV.

LA PRESSE.

Quelques uns ont dit que la presse était le quatrième pouvoir de l'Etat, d'autres qu'elle en était le premier.

La presse n'est pas un pouvoir dans le sens que la constitution attache à ce mot. Elle est mieux que cela : elle est l'opinion publique écrite ; c'est elle qui fait et défait les pouvoirs, et rien de plus juste ; car, lorsque le peuple n'est pas rassemblé dans ses comices, elle est l'organe et l'interprète de sa volonté.

La presse est l'expression de la pensée humaine, le flambeau de la civilisation, le phare du monde moral.

La pensée étant libre de sa nature, la parole et la presse, qui ne sont que la manifestation de la pensée, doivent participer de cette liberté.

Par la parole, l'homme communique avec quelques hommes ; par la presse, il communique avec un nombre illimité d'hommes. Plus cette communication sera facile, étendue, complète, plus les hommes se connaîtront et s'apprécieront les uns les autres ; plus ils auront conscience de leurs devoirs et de leurs droits, plus l'instruction politique se propagera et plus la société marchera d'un pas régulier et pacifique à l'accomplissement de ses destinées.

Il est prouvé que l'homme qui vivrait dans un isolement complet croupirait dans un état peu différent de celui de la brute. C'est le contact avec ses semblables qui développe en lui le germe de ses facultés. Plus ce contact est fréquent, plus l'homme se perfectionne. Le besoin d'une communication permanente et facile a produit la société, a produit l'invention des signes de la parole, des langues et, plus tard, l'invention de l'imprimerie. L'imprimerie a produit la presse qui, chaque jour, apporte à chaque homme, sur tous les points du globe, les actes, les sentiments et les opinions de ses frères, qui fait pénétrer en tous lieux la lumière intellectuelle et morale, et qui, par la vulgarisation rapide des idées, est le plus puissant levier de la démocratie.

Ce qui fait surtout la supériorité des civilisations modernes sur les civilisations antiques, c'est la presse. Par elle, l'âme s'est élargie ; chacun a vécu de la vie de tous ; l'horizon s'est étendu ; la fraternité et la solidarité humaine ont détrôné l'égoïsme.

Par la presse, le retour du despotisme et de la barbarie a été rendu impossible. Lien des hommes entre eux, lien des nations entre elles, la presse est désormais l'arche sainte qui conserve le dépôt des libertés et l'avenir du monde.

Avec la liberté de la presse, on conquiert facilement les autres libertés ; sans elle, tout est compromis.

Aussi toutes nos constitutions, moins une, se sont-elles

attachées à proclamer haut le principe de la liberté de la presse, mais peu l'ont fait de bonne foi; car les lois réglementaires ou fiscales, par les entraves qu'elles apportèrent à l'exercice du droit d'écrire, firent de la liberté de la presse un objet de monopole ou de faveur.

Les constitutions républicaines des premières années de la Révolution, celles de 1791, de 1793 et de l'an III ont, dans des termes différents, reproduit la même pensée : Liberté de la presse, responsabilité de l'écrivain.

« La libre communication des pensées et des opinions est un » des droits les plus précieux de l'homme : tout citoyen peut » donc parler, écrire, imprimer librement, sauf à répondre » de l'abus de cette liberté dans les cas déterminés par la loi. » (Constitution de 1791.— Déclaration des droits, art. 11.)

« Le droit de manifester sa pensée et ses opinions, soit par » la voie de la presse, soit de toute autre manière, etc., ne » peut être interdit. La nécessité d'énoncer ce droit suppose » ou la présence ou le souvenir récent du despotisme. » (Constitution de 1793. — Déclaration des droits, art. 7.)

« Nul ne peut être empêché de dire, écrire, imprimer et » publier sa pensée. — Les écrits ne peuvent être soumis à » aucune censure avant leur publication. — Nul ne peut être » responsable de ce qu'il a écrit ou publié que dans les cas » prévus par loi. » (Constitution de l'an III, art. 353.)

Sous l'empire de ces trois constitutions, point de censure. La presse fut libre, sauf quelques rares moments où les nécessités de l'État ou bien les passions contre-révolutionnaires firent jeter un voile passager sur la constitution.

Sous le Directoire néanmoins (9 vendémiaire an VI), apparaît la première entrave fiscale, c'est le timbre des journaux, impôt levé sur l'intelligence.

La constitution de l'an VIII ne dit mot de la liberté de la presse. Les auteurs de cette constitution, dans un but qu'il est facile de deviner, se ménagèrent toute latitude pour l'avenir et se gardèrent bien d'enchaîner leur liberté d'action.

Quelque temps après, la censure était rétablie; quelques

années plus tard, sous l'Empire, nul journal ne put paraître sans une autorisation spéciale, sans surveillance de la police et sans menace de confiscation à la moindre critique, à la moindre opposition aux caprices du maître.

Sous ce régime de sabre on tenait pourtant à sauver les apparences, et la loi du 28 floréal an XII, art. 64, contenait cette phrase singulière :

« Une commission de sept membres nommés par le sénat et » choisis dans son sein, est chargée de *veiller à la liberté de* » *la presse*, et cette commission est nommée *commission sé-* » *natoriale de la liberté de la presse*, etc. »

Cette commission veillait à la liberté de la presse comme le tigre veille sur sa proie, pour l'étrangler. Aussi, le sénat, bien qu'il dût s'attribuer à lui-même une grande partie des reproches adressés à l'empereur, ne fut-il que juste, quand dans l'acte de déchéance du 3 avril 1814, il disait :

« Considérant que la liberté de la presse, établie et consa-» crée comme l'un des droits de la nation, a été constamment » *soumise à la censure arbitraire de sa police*, etc. »

La charte de 1814 porte :

« Les Français ont le droit de publier et de faire imprimer » leurs opinions, en se conformant aux lois qui doivent répri-» mer les abus de cette liberté. » (Art. 8.)

Cette formule est simple, vraie, libérale. C'est une formule démocratique égarée au milieu des gothiques institutions de la monarchie restaurée. Rapprochement bon à méditer ! Après avoir, pendant vingt-cinq ans, maudit la révolution, ses principes et ses actes, les Bourbons vainqueurs, de par les armées étrangères, sont forcés en 1814 de s'incliner devant le drapeau de 89 et de consacrer solennellement dans leur charte une des plus précieuses conquêtes de la révolution.

En présence du texte de la charte, il semble qu'aucune équivoque ne soit possible. Comment confondre les abus de la liberté avec le légitime exercice de cette liberté ? C'est ce qui est arrivé cependant. Repentants des concessions qu'ils avaient faites à l'esprit moderne, les jésuites politiques, sous la domination desquels était tombée la France, sous le prétexte de frapper les abus, visèrent à la destruction de la presse.

Impossible d'analyser cette série de lois et d'ordonnances élaborées pendant quinze ans quelquefois *sur*, presque toujours *contre* la presse.

21 et 24 octobre 1814, loi et ordonnance qui rétablissent la censure et nomment quarante-deux censeurs titulaires et honoraires, *inter quos* Guizot.

1815, lois qui font peser sur les moindres délits de presse d'énormes pénalités fiscales.

28 février 1817, nécessité d'autorisation préalable pour fonder un journal.

15 mai 1818, augmentation des droits de timbre.

1819, légère réaction en faveur de la liberté. L'autorisation préalable est remplacée par la simple déclaration. La censure est abrogée.

17 mars 1822, création *des délits de tendance*. Pouvoir donné aux ministres de rétablir la censure et d'exiger l'autorisation préalable quand bon leur semblera.

1828, sous le ministère Martignac, lois qui adoucissent les rigueurs exercées contre la presse.

C'est dans ces lois successives qu'il faut étudier l'application de l'art. 8 de la charte de 1814. Elles en sont le commentaire le plus énergique. On y peut suivre la marche et les vicissitudes de cette guerre incessante déclarée par la Restauration au principe de la liberté de la presse, guerre dont l'issue devait être la fameuse ordonnance du 25 juillet 1830.

Quant au principe lui-même, il était resté enfoui dans la charte comme une muette protestation, comme le droit de l'avenir. Après la victoire de juillet, il fut de nouveau solennellement proclamé par le peuple souverain. Les législateurs de 1830, s'étant arrogés la faculté de traduire sans mandat le vœu de la nation, se contentèrent d'ajouter à l'article 8 de la charte de 1814 ces mots : « La censure ne pourra jamais être rétablie. » (Art. 7.)

Est-ce que cela suffisait ? Est-ce que la déclaration préalable, le cautionnement, la responsabilité des gérants et des imprimeurs, les droits de timbre exagérés, etc., n'équivalaient pas à une espèce de censure?

Tout fut conservé après 1830. Le chef du pouvoir nouveau répéta à l'envi : « Il n'y aura plus de procès de presse. » On le crut, on se confia, et cette folle confiance a nécessité en 1848 une nouvelle révolution. C'est qu'il ne suffit pas d'inscrire un principe dans la constitution, il faut encore que ce principe ne reste pas une lettre morte ; il faut que toutes les lois d'application et de réglementation répondent à son esprit ; il faut qu'il se traduise en institutions vivantes. C'est ce qu'on a négligé.

Au lieu d'organiser sérieusement la liberté de la presse, au lieu d'organiser sérieusement la responsabilité de l'écrivain vis-à-vis de l'Etat et des particuliers, on préféra copier la Restauration et se jeter dans le système des lois d'exception et d'intimidation. On fit les *lois de septembre,* lois impies votées dans un jour de colère. On éleva à un taux fabuleux le chiffre des cautionnements ; on établit des pénalités effrayantes, des amendes qui pouvaient s'élever à *deux cent mille francs,* des emprisonnements qui pouvaient aller à *vingt ans.* Dans des circonstances choisies, on enleva l'écrivain au jury pour le traîner devant un tribunal spécial, machine à condamnation ; on décréta la suppression de certaines discussions, ou défendit aux citoyens de prendre certaines qualifications, etc. Non content de ce code draconien, on inventa la complicité morale, on étendit aux imprimeurs une responsabilité terrible, on fit la loi sur les annonces judiciaires pour écraser la presse départementale opposante ; bref, on tenta d'assassiner la presse sous les saisies, les réquisitions, les amendes et les cachots.

Inutile de rappeler les dates et les noms de toutes ces lois ; elles sont d'hier, et toute mémoire s'en souvient. La nomenclature en est longue et la lecture édifiante. Ces lois sur la presse prouvent une fois de plus le danger des formules vagues, la nécessité de garanties formellement stipulées.

La presse, en 1830, a été dupe d'un abus de confiance.

Qu'elle y songe en 1848, et qu'elle réclame ses sûretés ; tous les citoyens y sont intéressés, car elle est la sentinelle avancée qui veille à la porte du camp pour le salut de tous.

V.

CE QUI DOIT COMPLÉTER LA CONSTITUTION.

Une constitution ne doit contenir que les principes généraux et laisser aux lois spéciales qui compléteront le code politique à tirer de ces principes leurs légitimes conséquences.

La constitution détermine la forme politique de l'Etat, les agents et les attributions du pouvoir. Elle règle la forme gouvernementale suivant laquelle doit s'exercer la souveraineté du peuple.

La constitution établit les institutions politiques chargées de présider à la marche et au développement de la société.

Le but des institutions politiques est l'amélioration graduelle et progressive de la société, en d'autres termes, la préparation et l'avénement de nouvelles institutions sociales.

Ainsi, les institutions politiques sont le moyen ; les institutions sociales sont le but.

Les institutions politiques ne seront bonnes qu'autant qu'elles permettront et assureront la réalisation pacifique, graduelle et progressive des réformes sociales.

L'amélioration sociale est le but suprême. Toute constitution qui gêne , entrave, dédaigne ou repousse cette amélioration, est une constitution mauvaise que le peuple a droit de briser. Depuis soixante ans, combien de constitutions successivement faites, essayées et rejetées ! Combien de fois n'a-t-il pas fallu courir aux armes pour anéantir des pouvoirs prévaricateurs ! Combien de fois la nation n'a-t-elle pas vu sa volonté méconnue, sa pensée violée, ses sentiments foulés aux

picds par ceux-là mêmes à qui elle avait momentanément délégué son pouvoir souverain !

A qui la faute ?

La faute doit être imputée en premier lieu à l'imperfection
des constitutions. Nous avons signalé dans le cours de cette
étude quelques uns des vices qui se sont glissés jusque dans
les meilleures d'entre elles.

Il y a une autre cause ; c'est l'inintelligence des pouvoirs
politiques. Presque tous ceux à qui a été dévolue la direction
de la France depuis la révolution n'ont compris ni leur siècle
ni leur pays. Nous excepterons la Constituante et la Convention , immortelles assemblées qui voulurent le bien de tous et
qui poursuivirent, à travers les tempêtes et jusqu'au pied des
échafauds, l'idéal qu'elles avaient rêvé. Mais Napoléon, cet
homme doué d'éminentes facultés, d'un génie prodigieux, cet
homme qui exerçait autour de lui un prestige inoui et auquel
tant de puissance et tant de forces furent accordées, ne sut
pas ou ne voulut pas comprendre le sens de la révolution. Il
renia les sublimes principes pour lesquels tant de victimes
avaient succombé, confessant leur foi dans le sang. Quoiqu'il
en coûte à l'orgueil national , il faut avoir le courage de mau-
dire l'influence et les actes du vainqueur d'Austerlitz. Jamais
cet incomparable guerrier n'eut dans le cœur l'amour du peuple ; jamais il ne ressentit ces élans magiques de fraternité
dont nos grandes assemblées furent quelquefois saisies. Pour
lui, l'homme était un chiffre. Il aimait l'ouvrier sous l'uniforme qui obéit sans mot dire ; il détestait l'ouvrier en blouse
qui discute et raisonne. Il voulait des machines et redoutait
les intelligences. On sait comment il qualifiait les écrivains
dont les doctrines libérales inquiétaient son despotisme. On
sait la guerre qu'il leur fit et comment les droits de la libre
pensée furent étouffés. L'histoire sera sévère pour l'ombra-
geux conquérant, et cette sévérité sera justice.

Quant à la Restauration, qu'en dire ? Ces rois de droit divin,
implantés de force en France par les baïonnettes ennemies,
n'eurent jamais conscience des droits du peuple et n'en soup-

çonnèrent même pas l'existence. Gens imbus des préjugés d'un autre âge, couverts de la rouille des temps passés, ils ne songèrent qu'à réédifier la vieille monarchie, à relever la vieille noblesse, à restaurer la vieille religion, en un mot, à faire rebrousser la France au-delà de 89, à cette époque mi-partie aristocratique, mi-partie absolutiste qu'ils appelaient le *bon temps*.

Louis-Philippe eut dû être plus éclairé. Jeune, il avait bu à la coupe des idées modernes; homme fait, il avait dans l'exil pratiqué le travail, vertu du plébéien; rentré en France, il avait vécu dans la disgrâce d'une cour rétrograde. On le croyait dévoué à l'esprit de la révolution, à la cause de la démocratie; on le croyait instruit par l'expérience, il n'était que vieux. Lui aussi, comme les Bourbons aînés, il n'avait rien oublié ni rien appris. Son cœur s'était ossifié dans l'exil, et l'amour de l'argent dominait son étroite intelligence; il était plus qu'économe, il était avare. Diplomate de l'école de Talleyrand, il fut assez adroit pour ne pas heurter de front, au lendemain de 1830, la révolution victorieuse. Il temporisa, il rusa, il travailla en dessous, il mina sourdement pendant dix-huit ans. Il supporta sans se plaindre les affronts dont on l'abreuva, et ne discontinua pas un jour, malgré les avertissements réitérés, l'œuvre cauteleuse à laquelle il avait voué sa vie. Il tomba sans se douter de la cause de sa chute.

Ainsi donc, Napoléon, Louis XVIII, Charles X et Louis-Philippe, chacun suivant le caractère de son esprit, ne poursuivirent qu'un seul but, l'édification et la consolidation de leur dynastie. Pour cela, ils firent de mauvaise grâce quelques concessions légères aux intérêts nés de la révolution. Mais la masse du peuple, reléguée à l'arrière-plan, ne cessa pas d'être, moins les modifications dues à l'adoucissement des mœurs, la matière *taillable et corvéable* des anciens jours. Mais toutes les lois, toutes les mesures ne tendirent qu'à la destruction de l'idée démocratique. Là était leur péril. « Insensés, comme a dit La- » mennais, qui voulaient barricader l'océan et ruser avec la » tempête! »

Un gouvernement ne peut exister qu'à la condition de donner satisfaction aux légitimes besoins de tous. Satisfaction presque entière fut constamment donnée à la bourgeoisie et toujours refusée au peuple. Qu'on y réfléchisse mûrement, et l'on se convaincra que le peuple, c'est-à-dire ceux qui n'ont pour vivre que le travail de leurs bras ou de leur intelligence, furent toujours traités en déshérités, en parias.

De là toutes les révolutions. Pour en clore à jamais la liste, pour ouvrir la voie au progrès pacifique, les hommes appelés au gouvernement de la République devront marcher avec leur siècle, faire taire toute pensée d'intérêt personnel, n'écouter que la voix du peuple et en suivre les inspirations. Ils devront sonder les plaies de la société et y appliquer hardiment les remèdes efficaces. Ils ne diront pas, comme cet ex-président de la chambre des députés : « Nous ne sommes pas ici pour don- » ner du travail aux ouvriers. » Pénétrés de leurs devoirs, ils s'inquièteront surtout de ceux qui souffrent ; ils prodigueront le plus de soins, de soulagements et de secours à ceux qui ont le plus de besoins. Ils n'imiteront pas les gouvernements passés, dont toute la sollicitude s'épanchait en flots intarissables sur les privilégiés de la fortune.

A ce prix, le gouffre béant des révolutions pourra être fermé.

Il y avait dans les âmes, à l'aurore de 89, une contagion de fraternité universelle. On aimait beaucoup ; on voulait infuser dans les lois les préceptes divins de la philanthropie ; on avait plus qu'à aucune autre époque le sentiment des droits du pauvre ; mais on n'avait pas la science, et ce sentiment, tout vif qu'il était, ne trouva pas sa formule écrite. Prenez la plus démocratique de nos constitutions, celle de 1793. « Le gouver- » nement, dit-elle, est institué pour garantir à l'homme la » jouissance de ses droits naturels et imprescriptibles. Ces » droits sont l'égalité, la liberté, la sûreté, la propriété. » (Articles 1 et 2 de la *Déclaration des Droits.*)

Nous savons, par les discussions, par les rapports nombreux et explicites, que, dans l'esprit de la Convention, les droits de l'homme n'étaient pas circonscrits dans le cercle des quatre mots de liberté, égalité, sûreté, propriété. Ces mots seraient adoptés comme devise par tous les gouvernements. La Convention les entendait dans un sens beaucoup plus large, plus vaste que les pouvoirs qui lui ont succédé. Elle eut le tort de ne pas assez préciser sa pensée, de ne pas lui donner une forme plus catégorique, un corps, en quelque sorte, qui la fît toucher du doigt.

Nos aïeux, révolutionnaires de 91 et de 93, ne faillirent pourtant point à leur mission. La fraternité fut leur boussole. S'ils ont laissé leur œuvre incomplète et inachevée, c'est que le temps n'était pas venu, c'est que l'idée n'était pas mûre. Mais ils cherchèrent tout aussi vivement que leurs fils de 1848, peut-être plus vivement, à réaliser l'idéal des sociétés, l'amélioration matérielle et morale de la classe la plus nombreuse et la plus pauvre.

Ils firent dans cette voie des pas immenses. Ils tracèrent un sillon que le temps n'a pas effacé. Plus heureux qu'eux, nous avons, à la lueur du flambeau qu'ils ont allumé, trouvé la formule qu'ils poursuivirent avec une foi si entière, avec un désintéressement si complet. Cette formule est dans les mots de *droit au travail !*

Toutes les constitutions consacrent, comme un des droits imprescriptibles de l'homme, la propriété.

Rien de mieux.

Mais celui qui n'a point de propriété, celui qui n'a point de capital acquis, celui qui n'a pour toute ressource que sa tête et son bras, qu'est-ce que la société lui garantit ? L'égalité, la liberté, la sûreté. C'est beaucoup, mais pas assez. Où sera pour lui l'équivalent de la propriété ? Cet équivalent, il est dans le droit au travail.

Si la société doit assurer et garantir la propriété à celui qui possède, elle doit assurer et garantir à celui qui ne possède pas les moyens d'acquérir et de posséder. Or on n'acquiert que par le travail. Donc la société doit assurer le travail à tous ceux qui en ont besoin. Hors de là, pas de justice, pas d'égalité.

Le droit au travail conduit inévitablement à l'amélioration

matérielle ; l'amélioration matérielle entraine l'amélioration intellectuelle et morale.

Le droit au travail est le principe dont la Constitution nouvelle devra se pénétrer. Autour de ce principe et pour en faciliter l'application sociale, se groupent une foule de réformes soit d'instruction, soit de crédit, soit d'impôt, et dont l'étude est aujourd'hui à l'ordre du jour.

Pour que le droit au travail ne soit pas un mot illusoire il faut que l'Assemblée Nationale cherche et trouve les moyens pratiques de réalisation immédiate. Ces moyens se résument dans cette expression vague, générale, confuse encore, mais qui contient tout un nouvel avenir : L'organisation du travail.

TABLE DES MATIÈRES.

————◦❂◦————

ARTICLE 1.

DES DIVERS SYSTÈMES ÉLECTORAUX.

ARTICLE 2.

ORGANISATION DES POUVOIRS.

www.ingramcontent.com/pod-product-compliance
Ingram Content Group UK Ltd.
Pitfield, Milton Keynes, MK11 3LW, UK
UKHW020004080726
13614UKWH00003B/1264